LA ÚLTIMA VEZ
QUE MATÉ A MI MADRE

LA ÚLTIMA VEZ
QUE MATÉ A MI MADRE

INÉS FERNÁNDEZ MORENO

NOVELA

PERFIL LIBROS
Ficciones

© 1999, Inés Fernández Moreno
© De esta edición:
1999, 2000, LIBROS PERFIL S.A.
Chacabuco 271. (1069) Buenos Aires

Diseño: Claudia Vanni
Ilustración de tapa: Egon Schiele, *Dos niñas*
ISBN: 950-639-327-3
Hecho el depósito que indica la ley 11.723
Primera edición: Agosto de 1999
Segunda edición: Marzo de 2000
Composición: Taller del Sur
Paseo Colón 221, 8° 11. Buenos Aires
Impreso en el mes de marzo de 2000
Verlap S.A. Producciones Gráficas
Comandante Spurr 653. Avellaneda
Provincia de Buenos Aires
Impreso en la Argentina. *Printed in Argentina*

Hace ocho meses que no le pagan un sueldo completo y ella está dejando de ser joven. Sin embargo, aquel día jueves al mediodía, a tres cuadras de la clínica donde operan a su madre, Lina se siente tan indefensa como una chica de doce años, envuelta en el sereno horror de saber, todo el tiempo, lo que lleva en la cartera. Aquella bolsita. Una bolsita de tela blanca, ajustada con un cordón de seda, donde la madre ha depositado sus dientes postizos para que ella, su única hija viva, los custodie. De manera que más que preguntarse cómo va a sobrevivir en los próximos años, qué tipo de vida quiere, qué esperanzas y qué rencores va a definir para la última etapa productiva de su vida, la única pregunta que la ocupa enteramente es qué hacer con los dientes si entra al hospital y le dicen que su madre ha muerto. Lo mejor sería abandonarlos allí mismo. Lina mira con pena el árbol junto al que se ha estacionado, comprueba que tiene el mismo aspecto enfermizo de todos los árboles de Buenos Aires, rematado por una lata herrumbrada que parece florecer de una de sus ramas más altas. Vaya a saber cuándo ha empezado aquello, pero resulta evidente que día a día van perdiendo su condición vegetal, contagiados del mismo deterioro de las veredas, los colectivos, los perros, las caras y los zapatos de la gente. To-do está cubierto por una misma pátina de polvo, un polvo nacional donde se puede reconocer a veces un rastro de olor de infancia (kerosén y dulce de leche) tan fuertemente evocador que en instantes a Lina se le llenan los ojos de lágrimas. Un polvillo que supo ser tierra, y cuando digo tierra me imagino carretas hundiendo profundamente sus ruedas en el barro, y después hollín y ahora ese polvillo seco, amarillento y artificial, un polvo sin alma del que no se salva siquiera la chapa brillante de los coches importados, por más que sus dueños los laven y lustren con pasión. Los deja allí, los dientes, sobre la tierra que rodea al árbol —degradada de cemento, cuarteada y meada por los perros— y chau.

No tan chau. Le resulta inevitable a Lina imaginar los posibles destinos de la bolsita. Un chico pasa y la mira sin disimulo. Debe tener un aspecto lunático, o el de alguien que está por vomitar, así inclinada hacia el pie del árbol. Pero no es tampoco para codear de esa manera a la madre (la rubia pálida que lo lleva de la mano debe ser la madre, lo lleva con el mismo incuestionable sentido de posesión con que lleva su cartera de charol). Qué le queda entonces al chico para una visión más sorprendente. Qué, si un día jugando con sus autitos en el cordón de la vereda tropieza con la bolsita abandonada, si la abre y se encuentra cara a cara con aquella parte artificial de un cuerpo separada de su conjunto.

Lina acaricia la corteza del árbol —es inesperadamente suave—, se endereza y reacomoda sobre el hombro la correa de su cartera negra. No sabe ella que en aquel momento un hombre rubio con aire de adolescente gastado está marcando su número desde una cabina telefónica. Tal vez llegue a saberlo, pero más adelante. Por ahora Lina está velada, obsesivamente envuelta en cierto tipo de pensamientos, haciendo pasar el mundo y sus camellos a través de ese estrecho ojo de aguja, ese centro ciego y deformante de la propia conciencia.

Lina mira una chapita de cocacola incrustada en la tierra. Uno podría pasarse la vida entera siguiendo el destino de cualquier objeto insignificante. Pero hasta la más larga de las vidas sería una miseria de tiempo a juzgar por lo que había escuchado una vez en la presentación de un libro de ecología. El conferencista había afirmado que la última molécula de la botella de plástico de la gaseosa que nos había sacado la sed —y en ese punto había tomado la botella por el pico, la había paseado ante los ojos de los presentes como un mago que va a hacer una prueba—, parte de esta misma botella, señores, estará vivita y coleando dentro de cinco mil millones de años. Nosotros polvo de polvo y aquel fragmento obstinado recordará todavía la nimiedad de un instante. Guardará incluso algún millonésimo de la energía inmortal de quien haya apoyado su boca contra ese pico.

¿Así de pertinazmente sobrevivirían los dientes de su madre?

¿Tan inferior es el ser humano a un pedazo de poliuretano?

Lina no puede llegar tan lejos. Sólo puede pensar en ellos en tanto conserven su forma dental, su apariencia humana. Vuelve a imaginarse la bolsita depositada al pie del árbol. Después del chico curioso, el segundo candidato a llevarse la sorpresa es un perro. Un perro mordiendo los dientes de su madre muerta. Esta imagen debería estremecerla. La buena alumna. Debería. Sin embargo, aquella imagen, un perro desgarrando con sus dientes esos otros dientes, le produce más bien cierta curiosidad. El perro ¿sería engañado por el falso hueso? ¿O lo desecharía, sería claro para él que aquello era sólo una imitación, como la comida de plástico de colores que los comerciantes ubican dentro de una heladera en venta?

Lina ve, a pocos metros de allí, la entrada de una oficina de correo. ¿Y si los enviara en una encomienda a algún lugar muy lejano? No. No habría distancia suficiente como para dejar de pensar en ellos. Lo mejor sería una destrucción absoluta y total. El fuego. Tiene que averiguar exactamente de qué material están hechas las prótesis. ¿Pero por qué la ha atacado esa súbita necesidad de deshacerse de los dientes cuando, por el contrario, no debe abandonarlos por nada del mundo? En caso de muerte, está atada por juramento a seguir precisas instrucciones de su madre. Deberá abrirle la boca –y eso no será fácil, tendrá que adelantarse al *rigor mortis*– realizar un preciso esfuerzo de palanca, encajar los dientes y después volver a cerrarla, asegurándose de que fragüe con su precioso contenido adentro. Lina recuerda su habitual torpeza para trozar pollos. ¿Será capaz de hacerlo? Sí, será. ¿Por qué no? Al fin y al cabo uno es capaz de todo.

Después tendrá que maquillarla.

¿Así vas a salir, chica?, no te pintás nada vos, dice la madre. Y el "nada" suena tan desolado, que esa debe ser, de alguna manera que ella no termina de comprender, una de las más penosas formas de la pobreza. Pobre mujer. No entiende, ella, que antes de salir, antes de asomarse al amor, antes siquiera de asomarse al balcón –esa ancestral manera de asomarse al amor–, una mujer que merezca llamarse mujer tiene que arreglarse por lo menos una hora. Y si termina antes (por falta de amor a sí misma), debe acostarse inmóvil sobre la cama, hacer relax para que los rasgos de la cara descansen, se distiendan, adquieran así esa pereza que podrá después ser leída como sensualidad o indiferencia, pero que, para el caso, provocará la misma curiosidad, el mismo deseo de extraerlos de su ensimismamiento, de hacer volcar apasionadamente su expectativa hacia el otro.

La madre empuña entonces una barra de rouge y la persigue por toda la casa para que se deje pintar. Así es otra cosa chica, el rouge mata el verde. Y la pinta en la cocina, en el lavadero o en el rincón de la casa donde Lina se haya dejado ganar por la ilusión.

Por un instante se ve linda con los labios así pintados, pero después una segunda imagen la ataca de rebote en el espejo, le muestra unos labios demasiado gruesos y demasiado rojos y es imposible entonces no avergonzarse, negra catinga, indígena, tehuelche, trompuda. Puta. Puta barata. Lina se deja. Como Valeria. Como su madre, una divorciada. Lina se refriega con furia los labios hasta que de todos modos quedan rojos. Puta la madre, puta la hija, puta la manta que las cobija. El diccionario, en aquella desangelada casa de la calle Juncal, parece conocerlas bien.

La escena sería ahora bien distinta. Su madre se ofrecería a sus manos con entera docilidad. Y ella la maquillaría de acuerdo con una técnica que no admite modificaciones: base un tono más oscuro que la piel, extendiéndola bien en la zona del cuello para que no quede como una mascarita, sombra celeste en los párpados, rímel azul oscuro en las pestañas, rouge rose-rose número 46 de Lancôme en los labios –primero con lápiz para el contorno y después rellenando bien con pincel como la había visto hacer durante años–, colorete esfumado hacia los pómulos para avivar la palidez del cadáver, después perfumarla con *L'air du Temps* o el Carolina Herrera que es su innoble sucesor, peinarla y ponerla en su cama (jamás, pero jamás en uno de esos sórdidos velatorios comunes, cada piso con su muerto, con los familiares de unos y otros entrecruzando su dolor en ascensores y pasillos, llorándolos muchas veces en el cuarto equivocado, penando también por los pobres muertos que dejan solos en salones anónimos más allá del límite razonable de las dos de la mañana, hora en que hasta los muertos deberían irse a dormir), ella, en su cama con sus sábanas de hilo, su colchón de lana cardada y toneladas de flores, oh destino fatal de Marilyn Monroe, pero a ella ¿qué papel le tocaría en ese destino? Ella sería, sin duda, la doncella de ese destino, doncella sin sueldo, sin herencia y sin chismes sabrosos que vender a la prensa. Sólo le servirían para contárselos a ella misma y entretenerse el resto de la vida con la madre singular que le había tocado en suerte.

Los vivos hacen lo que pueden con sus muertos, había dictaminado Norma. Hay que resistir al chantaje de la última voluntad. Pese a los argumentos acertados de su amiga, Lina sabe que no podrá vivir tranquila el resto de sus días si deja a su madre sin dientes, expuesta a las miradas de los otros. Esta convicción es la que le permitirá acometer la tarea. Y algún recurso mental que despoje de dramatismo la escena, una perspectiva distinta que la ponga a salvo del intolerable sentido común de las cosas. Que la vuelva invulnerable. Por ejemplo, podrá considerar que coloca su madre a la dentadura, y no la dentadura a ella. Idea que, pensándolo bien, no es tan absurda. Si cuando llega al hospital su madre está muerta, es decir, si es ya un objeto tan frío y distante como la dentadura, podrá pasar sin inconvenientes a ser el cuerpo postizo de la dentadura, y, por lo tanto, serle colocada, encastrando debidamente el juego de las encías.

Lina ha abandonado su actitud pensativa junto al árbol. Ha ajustado con decisión su cartera al hombro, se diría casi con coraje, como si llevara un arma allí adentro y ha caminado con ritmo sostenido hasta la puerta de la clínica. Durante ese trayecto, un poco antes o un poco después, no importa tanto la precisión del momento como esa asombrosa cualidad de los hechos de proliferar al margen de nuestra voluntad, de pasar limpiamente a nuestro lado sin tocarnos o de arrastrarnos con ellos, el teléfono suena en su casa y, después del cuarto tono de llamada, se desencadena el mensaje que ella ha grabado unas diez veces, sin terminar nunca de estar contenta, de reconocerse en aquellas palabras y aquella voz.

Este es el 522-3132, dice, sin música de bienvenida y sin afectación. No me encontrás en casa hasta la noche. Después una pausa. Si es importante, si es casi importante, matiza (se adivina aquí el principio de una sonrisa), podés dejarme un mensaje, o tu disquete en mi oficina, Maipú 890, quinto piso. Gracias.

Pese a su aire adolescente, el hombre que acaba de escuchar este mensaje tiene alrededor de cincuenta años. Se llama Thomas, allí, donde ha modificado su vida. Aquí volverá a ser, por estos días, Tomás, como era antes. Mucho más atrás todavía fue Tommy, y también Tomasito, confirmando desde la infancia una cierta vacilación de su identidad. Pero ha llegado finalmente a llamarse Thomas, se diría que ha cumplido con esa exigencia de adulto, esa hache en el medio alcanzando al fin su sentido, esa hache que aquí sobraba y allí es natural y definitiva.

El hombre, Thomas o Tomás, se ha quedado con el tubo en la mano, indeciso, dejando correr los escasos segundos que la cinta concede para grabar un mensaje que exige ser breve, inequívoco.

Si a mí me pasa algo, esta caja se la das a alguna de ellas dos. Eso le había dicho Graciela unos treinta años atrás, casi sin mirarlo, expeditiva, disimulando la incomodidad del pedido. No por el pudor de imaginarse muerta, sino por el de haber tenido que aceptar ante ella misma, en algún rincón secreto, que no quería morirse y que no se supiese, que sus amigas no supiesen, que ella también había tenido su historia de amor. Por lo que hay adentro no te preocupes, le había aclarado, es sólo una foto, un recuerdo. Tomás había guardado con indiferencia aquel paquete minúsculo, envuelto en papel madera, pensando incluso con cierta arrogancia que las mujeres solían ser infantiles. Después, cuando supo en Méjico que Graciela era una más de los desaparecidos, que mientras él sobrevivía ella había pasado por la tortura hasta la muerte, se alegró de tener aquel objeto nimio entre sus cosas, de haberlo conservado y trasladado en cada una de sus mudanzas como para poder completar un día aquel gesto inconcluso de la vida de ella. De manera que ahora que está en Buenos Aires, aunque hayan pasado tantos años, quiere hacerlo. Todo indica, además, que puede hacerlo.

En un principio imaginó que no encontraría a las amigas de Graciela, que sería como buscar una aguja en un pajar, después de tanto tiempo se habrían ido del país, tendrían una hostería en Córdoba, habrían cambiado de apellido, simplemente no figurarían en guía.

Sin embargo había tres Clemens en la guía, por lo que Tomás dio rápidamente con la familia de Adriana. Lo atendió una voz cascada difícil de identificar. Hace muchos años que no está aquí, viaja por el mundo, dijo la voz, con un claro matiz de resentimiento.

Buscó entonces el apellido Casté, ya casi con la certeza de que tiraría la cajita por una alcantarilla —y si no, la tirás por una alcantarilla, le había dicho Graciela, dejando para siempre aquel hilo suelto en la historia, hilo que hasta ahora había sostenido, obediente a ese sentimiento de que uno debe atar cabos, emprolijar sus acciones para ganar vaya a saber qué derecho o armonía, como si la vida no embrollara constantemente lo que uno pretende emprolijar—. Pero la guía volvió a sorprenderlo, le dijo que no estaban en los Estados Unidos, que Buenos Aires todavía era un pueblo, que los destinos podían seguir caminos más simples y lineales, que veinte o treinta años podían realmente no ser nada. Y que, pese a sus muertos, había mucha gente fácil de localizar, gente que aún seguía tomando la misma línea de colectivo, regando el mismo potus todas las mañanas. Al menos Lina Casté figuraba en guía, en la calle Giribone 2743, y se la podía encontrar marcando el 522-3132.

En el espacio mínimo de la cabina, Tomás saca una lapicera y una agenda del bolsillo de su camisa y vuelve a marcar, pensando en anotar la dirección que la voz indica, en dejar, tal vez, su propio mensaje. Pero lo hace sobre todo por un vago deseo de escuchar nuevamente a Lina Casté. ¿Qué hay allí que lo atrae, que parece hablarle en forma directa a él, Thomas, llegado hace pocas horas de Linnville, Estados Unidos?

Digamos ya lo que hay adentro de aquel paquete. Es una caja de cigarrillos 555. Cuando Lina, Graciela y Adriana tienen dieciséis años, los 555 son cigarrillos alemanes, importados, exquisitos. Y son los preferidos de Graciela. Fuma sólo uno por día. Pero tiene que ser uno de esos 555. "El 554" lo llaman Lina y Adriana.

Dentro de la caja, de color amarillo muy suave, hay una foto. Son ellas tres, abrazadas, bailando Zorba el Griego. La foto está doblada en dos y la línea del doblez, estúpidamente simbólica, pasa por el centro del cuerpo de Graciela, la parte en dos y deja sobrevivir a Lina de un lado y a Adriana del otro. Detrás de la foto hay una frase. "Cumplí 20 años", dice, con tinta negra. Y abajo, un verso de la Rapsodia que han descubierto juntas:

Si digo estar vivos quiero decir casi morirse.

—Alcanzáme los 555 —pide Graciela.

Lo más lujoso que hay en su cuarto son dos almohadones de colores. No hay mesa. Sólo una silla y una cama cubierta con una colcha tejida por los tobas que ella ha traído del Chaco. Hay también dos estantes amurados a la pared, repletos de libros. Y nada más. Ni un adorno, ni una foto. Desde que su

18

familia se ha mudado de Villa del Parque a aquel departamento de Barrio Norte, Graciela hace un culto del despojo. Vive como en una celda, predica la abstinencia.

Están las tres sentadas en el piso, con libros y carpetas abiertos a sus pies.

—Si a los veinte años sigo siendo virgen, me suicido —dice Graciela.

Lina y Adriana asienten. Los veinte años son el límite absoluto para soportar la falta de un amor. Los treinta, el momento de alcanzar la plenitud. Sobre el significado de esa plenitud —hacer la revolución, escribir libros, descubrir una vacuna contra el cáncer— hay disidencias. Pero ninguna en cuanto a la imperiosa necesidad de salir de aquel estado impuro de virginidad. Cuando alguna lo logre, bastará con decir "cumplí 20 años".

Graciela enciende su cigarrillo, no traga el humo, lo lanza con todo su espesor hacia arriba, cuando la madre golpea la puerta.

—Graciela —dice con voz áspera— dejaste un plato sucio en la pileta.

Graciela no contesta. Lina y Adriana se miran.

—Graciela, es TU plato, no estás cumpliendo el acuerdo.

Silencio.

—Graciela, voy a entrar —anuncia la madre. Se oye y se ve el movimiento del picaporte, pero la puerta está cerrada con llave.

Graciela lanza columnitas densas de humo hacia el techo.

—Abrí —dice la madre.

Graciela aspira otra pitada, retiene el humo, acerca la boca al ojo de la cerradura, y lo lanza por allí.

—No me provoques —dice la madre—, abrí la puerta.

—Este es territorio liberado —dice Graciela.

–Abrí de inmediato.

La madre empieza a golpear con algo contundente, parecería un zapato.

–Dale, abrí –le dicen Adriana y Lina–, ¿no la escuchás?

–No la escucho –dice Graciela–. Y ustedes, ortivas, tampoco la escuchen. Nunca dice nada interesante.

Los golpes arrecian.

–¿Te parece que se puede no escuchar?

–Uno sólo escucha lo que quiere –dice Graciela–. Escúchense a ustedes mismas.

–¡Andá! –dice Adriana enojada–. Escucharse a uno mismo, con el quilombo que hay aquí. Y con el hambre que tengo. Siempre lo mismo en tu casa. Por cada tostada hay que levantar un petitorio al comité central. De Nesquik ni hablar, eso es puro imperialismo yanqui.

Lina no hace comentarios. Su casa, con su heladera siberiana –siempre la misma botella de agua y el mismo medio limón reseco– hace mucho que ha sido descartada como lugar de reunión.

–La próxima, estudiamos en casa –dice Adriana– ¿estamos?

En Villa del Parque éramos felices, dice Graciela.

Mi viejo se ponía el delantal blanco y todos nos sentábamos alrededor de la mesa de trabajo. Lo ayudábamos con los balanceados y él nos hablaba de cuando vivía en Odessa mientras pesábamos los granos: el mijo, el alpiste. Tenía una forma de contar las cosas que nos fascinaba. Grandes acontecimientos mezclados con anécdotas de tíos y primos. Persecuciones sangrientas y resistencias heroicas seguidas de la descripción detallada de algún traje de casamiento, de las manías de un loco de la familia, o de la belleza diabólica de la prima Maya.

Mamá cantaba una canción rusa de infancia que nadie entendía, después yo la imitaba, repetía los sonidos inconexos y tristísimos que había escuchado y nos reíamos. Llegábamos apenas a fin de mes. A veces ni llegábamos: más de una vez vi a mi madre agregarle balanceado a un guiso. Me compraban un par de zapatos por año y un delantal que siempre me quedaba grande. Había que cuidarlo como si fuera un vestido de fiesta. Después a él tuvo que empezarle a ir bien. Su alimento para pájaros resultó excelente. Los canarios cantaban como nunca. Las plumas lustrosas, el repertorio inacabable, la alegría del hogar garantizada. Y entonces por qué no probar con los pollos. Recorrimos en pocos meses la insalvable distancia entre la poesía de un canario y la mezquindad de un pollo. Construyó un gallinero en el fondo, compró una moledora industrial, empezó a estudiar la alimentación de las aves de corral, científicamente, como todavía nadie lo había hecho, decía. Se pasaba horas haciendo cálculos, tanto de proteína, tanto de glucosa, tanto de potasio, tanto de hormonas. Levantamos vuelo, con los pollos.

Ya no dábamos abasto con los tachos y las manos de la familia. Hubo que montar una fábrica. El éxito se hizo vertiginoso. Asqueroso como el olor de los pollos, comiendo y cagando el día entero.

Qué hacemos ahora en este departamento lujoso, amueblado por un decorador de moda. Todo tiene el mismo olor. Los muebles, las alfombras, los manteles, hasta los platos. Todo brilla igual. Arrasaron con el pasado. Lo trituraron, lo deshidrataron, lo pasaron por la máquina extrusora, lo transformaron en millones de pelotitas secas y oscuras, idénticas a la mierda de pollo.

Arrasaron con todo lo que queríamos. Los traidores.

Lina ha llegado al quinto piso, un piso que también está refaccionado a medias y se suma al grupo de sus tías que charlan en una salita.

—Si ella no se hubiera peleado con Bustillo —dice Male y deja unos puntos suspensivos clarísimos para las tres, menos para Lina que se queda esperando una explicación.

—Si no se hubiera peleado con Bustillo —completa Clarisa, vos no tendrías que andar ahora con los dientes en la cartera.

—Pero viste cómo es tu madre —dice Consuelo. Sí, Lina ha visto.

—Bustillo es un caballero, alguien que se compromete a fondo con uno.

Sentada sobre el apoyabrazos del sofá, Lina ve a sus tres tías desde arriba, comprueba que todas tienen un color de pelo artificial, pero sobrio y uniforme, ni un milímetro de raíces blancas, y se instala en esa cuidada perfección, se deja cautivar por aquellos diálogos un poco absurdos, por el movimiento elegante de las manos, el reflejo de algún anillo heredado de otras tías, sus voces un poco roncas, por momentos destempladas, una polvera que se abre y se cierra en un instante, un pie que se descalza a medias, la fortaleza de ciertas convicciones que ellas podrían trasladar al lugar más inhóspito del mundo.

—En caso de operación, él te acompaña hasta la puerta del quirófano y te retira los dientes un segundo antes de entrar.

—Cuando salís y estás todavía con anestesia —completa Consuelo—, te los vuelve a poner antes de que nadie te vea.

—Un garante de tu dignidad dental —dice Male.

—Un ángel de la guarda —confirma Clarisa.

Lina las escucha con la misma fascinación que cuando era chica, pero con una tristeza que es reciente, una tristeza que nace de saber (ahora que ella misma siente los cercos sucesivos que le va tendiendo el tiempo, ahora que ya no está nadando en medio del río, y que la otra orilla se avizora) que son personajes en vías de extinción. De adivinar cuáles han sido sus frustraciones, sus resentimientos, de saber que la rebeldía en algunos casos no fue suficiente, que la docilidad tampoco alcanzó, ni la belleza, que todas debieron ceder su parte a la vida, mezclar barro con brillantes.

Ahora que las pasiones han tomado el color pastel de los recuerdos, queda ese colchón de gentileza. Esa trama de cultura francesa, de frivolidad e ironía que para Lina tendrá siempre el olor a colonia y polvos que emergía del placard de su abuela, un olor que también asomaba, aunque mas tímidamente, dentro de su cartera, y también el sabor del chocolate espeso, batido durante horas en la cocina de la casa de Solís, para cada cumpleaños, acompañado por aquella torta gloriosa de vainillas y crema de manteca.

—Buscá detrás del paravent, le dije yo a Jerónimo. Y él: ¿qué es eso, vieja, del paraván? Las palabritas que usan ustedes.

—El paravent negro con incrustaciones, el que te quedaste vos —apunta Clarisa.

—Sería bueno saber para qué se usaba el paravent —sugiere en voz baja Lina.

—No sé —dice Male— pero en casa había dos, era algo que se usaba, no podía haber una casa sin paravent, ni sin vajillero.

La entrada de la enfermera interrumpe la charla.

—Todas afuera, chicas —ordena. Y le hace una seña significativa a Lina—. Ya la trajeron a su mamá —anuncia.

—Detrás del paravent, el tío Fortunato nos toqueteaba —dice entre dientes Consuelo—. A mí también —dice Male.

¿Las toqueteaba y les daba un patito? No en la misma oportunidad. Un día toqueteaba. Otro día regalaba patitos.

Tomás entra a un bar y busca una mesa junto a una ventana. En París, en Buenos Aires o en Saigón, en cualquiera de las ciudades que lo han recibido, junto a una ventana un hombre es más humano. Incluso en Linnville es así. Cualquier otro sería un lugar desamparado. Como si a uno lo hubieran echado al azar desde un cubilete y cayera lastimosamente mostrando cualquier cara. La incomodidad dura un buen rato y, además, está aquello de haber infringido la elemental norma de seguridad que aconseja ubicarse donde pueda abarcarse el panorama –"dominar" el panorama, así se decía– controlar quién entra y quién sale, tener unos segundos de ventaja, con tres segundos bastaría, en todo caso, para hacer estallar entre los dientes una cápsula de cianuro.

Pero no hay mucha gente en el bar y Tomás ha podido elegir entre muchas mesas que se asoman a la vereda. Pide un café, automáticamente, sin pensar demasiado si lo que quiere es en realidad un café, pero en el simple pedido se abre la brecha de la nostalgia, convocada por esa secuencia de gestos: chasquear los dedos, dibujar entre el índice y el pulgar la forma inequívoca de un pocillo, registrar el cabeceo de asentimiento del mozo, el mozo mismo, su chaqueta beige con el cuello gastado, la servilleta calzada en la mitad justa del antebrazo, la malhumorada resignación del gallego, arrastrando los pies, dejando la tacita blanca frente a uno, esa tacita blanca cuyo peso exacto no había encontrado Tomás en ningún otro lugar del mundo, ese café fuerte, a veces hasta intomable, pero siempre mediador. Qué bien conoce todo eso su cuerpo, cómo se acomoda la vieja memoria y se pone a ronronear otra vez, a hacer circular los recuerdos como circulan dentro de él la sangre o el oxígeno.

Tomás mira al mozo alejarse, hará veinte años tal vez que trabaja en ese café. Un hombre atado a la pata de una mesa mientras él ha volado todos estos años sin ninguna atadura. Ha añorado ataduras. Y ahora, si separa este instante, lo desgaja con cuidado de los últimos años y lo adhiere con cuidado a otro similar, cualquier otro café de Buenos Aires veinticinco años atrás, podría cerrar el paréntesis y desaparecería de un tajo toda una parte de su existencia. Entonces él tendría nuevamente veinte y no cuarenta y ocho años, y se tomaría ese mismo café, un poco tibio, de un largo y único trago.

Tomás enciende un cigarrillo, piensa en estos días equívocos en Buenos Aires donde de la exaltación de los recuerdos pasa a la curiosidad distante de un extranjero. Donde su tiempo ha quedado vaciado, reducido a la espera de un trámite, unas firmas, unas legalizaciones. Después, todo estará terminado. ¿Estará terminado? En el espacio ambiguo de esa pregunta se desliza la fantasía de conocer a Lina Casté.

Tomás extiende una servilleta de papel sobre la boca de un vaso y sobre ella desliza una moneda de un peso. Con la brasa del cigarrillo empieza a perforar el papel sedoso de la servilleta. Un agujero junto al otro. Si la moneda se cae antes de los diez agujeros, llama a la amiga de Graciela y se encuentra con ella. Si no, le deja su paquete en la calle Maipú 890, quinto piso, y se olvida de la historia.

Lina corre hasta el cuarto y entra.

Se queda petrificada. Allí está su madre, con un ridículo gorrito azul de quirófano, blanca como el mármol y con la boca hundida. Sin pelo y sin boca. Sin boca y sin color. Aquella es una anciana, anciana y muerta. Una viejita igual a la de la lata del Té Mazawatee, no aquella mujer seductora y magnífica que los hombres perseguían, no aquella madre exhalando perfume, dejando su rastro en la puerta de entrada de la calle Juncal, dejando saber que por allí había pasado una reina. Una reina que Lina podía rastrear hasta una hora después, haciendo su camino inverso, el camino del abandono, porque por allí ella se había ido y no volvería hasta muy tarde, tan tarde que Lina no podría verla hasta el mediodía siguiente. No la madre de la piel dorada y los ojos tan azules como ella nunca los podría tener. No la mujer insolente y extravagante que la había torturado toda la infancia, ni la del guardarropas de Marilú Bragance. La madre que ella podía odiar tranquila. No, esta es una anciana de cofia como ya no existen en esta época. Y es un cadáver, el cadáver de su madre.

El cadáver inesperadamente entreabre los ojos y empieza a hacer señas con las manos. Señas que ella, Lina, idiotizada por esta nueva imagen, no acierta a comprender. Pero sí entiende un golpe de irritación que da la madre sobre la cama, chica, qué idiota, le parece escuchar, los dientes chica, los dientes. Entonces ella abre la cartera con torpeza, busca la bolsita, menos mal que no la tiró, que no la dejó junto al árbol, menos mal que los perros no la destrozaron, ni que ningún chico se la robó para metérsela después debajo de la almohada a su hermana, menos mal que consigue abrir la bolsita con las manos temblorosas y poner el objeto rosado y frío entre las manos de su madre, que, medio dormida, empieza a maniobrar para que el objeto calce en su lugar, pero sin acertar a hacerlo, de manera que la cara se construye a medias y se desmorona, muestra esbozos de otras caras, direcciones posibles de la naturaleza que Lina tiene conciencia de seguir con sus propios gestos, como hacen las mujeres cuando ven a otra maquillarse, caras que son desechadas una tras otra en un desfile monstruoso que parece no detenerse, hasta que Lina puede sustraerse a aquella fascinación y dice "te los estás poniendo al revés, mamá" —los de abajo hacia arriba—, y su madre recoge el mensaje, corrige la posición de los dientes y por fin consigue calzarlos, hacer emerger la otra cara, al menos una parte de la otra cara: la palidez mortal y el gorrito azul siguen allí. Entonces la madre suspira tranquila y vuelve a adormecerse.

Si no se hubiera peleado con Bustillo, piensa Lina, ni con Cathy, ni con el plomero aquella tarde, ni con mi tía Clara, ni con su amiga Zoraya, la que tenía cajas de Sufflair en el ropero, ni con sus novios terminados en "ini", ni con mi padre cuarenta años atrás.

—Ahora no soy más tu mamá. Ahora soy… —Lina ya sabía lo que venía, esperaba encogida de miedo aquellas dos o tres palabras, tapándose hasta las orejas con la sábana, encogida para que ni un milímetro del cuerpo de su madre la pudiese rozar– ¡¡¡la bruuuuja!!! –Y esta palabra era dicha con otro tono de voz, un tono decididamente de otro ser que no era su madre, un ser agazapado en la oscuridad, un ser al que ella no imaginaba con garras, ni cuernos, ni ojos sangrientos –ni falta que hacía–, sencillamente porque no necesitaba agregar a su terror ninguna otra imagen: nada podía resultar más pavoroso que la ausencia de un rostro, la amenaza del puro vacío.

–No, no –gemía ella–, sos mi mamá, ¿no es cierto que sos mi mamá? –pedía con angustia.

–Noo… soy… ¡la bruja! –volvía a decir el ser horrendo.

Lina empezaba a lloriquear y entonces la madre encendía la luz y le mostraba su gesto más asombrado, como si acabara de llegar de algún lugar y no entendiera lo que estaba pasando, sus ojos azules iluminados por la más pura inocencia.

–¿Pero qué te pasa, chica? –hasta un poco irritada por el escándalo que Lina hacía–. Claro que soy tu mamá –perfectamente inocente, perfectamente desentendida de que segundos antes ella no estaba allí.

Apenas cierta tranquilidad empezaba a instalarse en Lina, plop, volvía a apagarse la luz y el juego recomenzaba, cada vez más exasperado, en un crescendo que culminaba cuando por fin Lina lloraba decididamente y la madre estallaba en aquellas carcajadas divertidas al principio, pero que se volvían estridentes, carcajadas que algo tenían de grito, que desgarraban algo dentro de Lina, como si en ellas estuviera escondido, todavía acechando, aquel ser, no ya con la luz apagada sino con la luz bien prendida. Y era esta sospecha la que convertía el miedo en pánico, la intuición, todavía indescifrable para Lina, de que había otra instancia, donde la luz podía estar prendida o apagada, en que el interruptor se volvía totalmente inútil para ocultar o revelar lo que ella todavía no era capaz de comprender, una penumbra donde las dos figuras se superponían, la madre y la bruja podían mezclarse, y ser en realidad una sola.

Apenas sale del hospital sus tías se desvanecen, se desvanece también su madre y un vacío familiar se instala dentro de ella. Como si las cosas sólo existieran mientras están sucediendo. Lina no deja de asombrarse de este mecanismo insidioso que la va dejando vacía a cada paso, desgajada y sin historia.

Uno no se olvida de nada, Negra –dice Adriana en su carta–. *A las cuatro de la mañana, sentada en el minúsculo cokpit del barco, controlando el rumbo para que el Capitán duerma, después de preguntarme por centésima vez qué hago en medio del océano (no sé si notaste que el océano es mucho más grande que el mar), yo tan luego, que no sé nadar, sola frente al timón de un barco –y esto no es metáfora, nada del 'proceloso mar de la vida' como decía el idiota de Derecho Constitucional, este es un verdadero barco con velas y quilla y radares y compases que son como los otros huesos del Capitán–. ¿Qué hago yo, Negra, que era una piba de Caballito y quería tener hijos y balcones, en medio del océano? Casi te diría que me alegro cuando veo pasar al amanecer –esto solamente a vos te lo puedo decir– un enorme pedazo de telgopor a la deriva, ah, me digo, basura, querida basura, podrido y querido recuerdo de tierra firme, después de que esta pregun-*

ta pasa, te decía, y no me la contesto, sucede que la oscuridad, el movimiento apagado del mar y la soledad absoluta, me sumergen en otro océano, la cáscara de la memoria cede y empiezo a acordarme de cosas increíbles, el ruedo del batón floreado de la francesa, la vecina del segundo, el aliento de mi madre cuando me despertaba cada mañana, el dibujo de una baldosa cachada del patio, el olor de la plancha y el almidón, todo está allí intacto y vivo, esperando, es sólo que hay que darse tiempo y entrar en el cokpit ...

–Caletti...
–Presente.
–Casté...
–Presente.
–Clemens...
–Presente.

Al principio se habían hecho amigas, Lina y Adriana, por pura contigüidad. Y también porque tenían el mismo montgomery –el de Lina azul, el de Adriana rojo–. Se habían acostumbrado a esa hermandad, a que su suerte corriera pareja, el nombre de una anunciando el de la otra, cada mañana, año tras año. Y ellas, obedientes al alfabeto, siguieron una junto a la otra, aun después del colegio, a lo largo de toda la vida.

–¿Este es el cuarto de tus padres?
–Claro.
–¿Y por qué hay una sola cama?
–Porque mi viejo no duerme aquí.
–¿Y dónde duerme?
Lina la lleva hasta el cuarto de servicio y le señala la puerta con un gesto. Adriana empuja la puerta y asoma la nariz.

—¿Aquí duerme? ¿Con la cama sin hacer y esos colchones ahí amontonados, y ese olor a naftalina?

—Bueno ahora se fue de viaje —dice Lina, y cierra de un portazo.

—¿Y cuándo vuelve?

—Dentro de unos días.

—¿Y tu hermana por qué usa estas plantillas?

Cuando Lina la despide en la puerta piensa que nunca más la va a invitar a su casa. Está harta, ella, de tener que explicar que su hermana es rara. Que viven en el segundo cuerpo del edificio y no hay ascensor. Que hay que recorrer ese pasillo largo antes de llegar a su casa. Que en su casa nadie cocina: compran hecho en el restaurante de la esquina. Que su madre siempre se ríe de esa manera. Que ella no es católica ni judía, no es nada. Que su padre no vive con ellas.

—Sabés una cosa. Yo tengo un caniche blanco —dice Adriana antes de irse.

A Lina le brillan los ojos, ¡un caniche blanco!

La segunda vez es ella quien va a lo de Adriana.

El departamento es luminoso y está pintado de colores diferentes a los de otros departamentos: verde manzana, fucsia, amarillo. Por las ventanas entra todo el esplendor del parque Rivadavia, hay discos de Zitarrosa y de Joan Baez, y hay Mendicrim en la mesa, pizzetas que hace la nonna y una sopa de verdura deliciosa. Y duraznos en almíbar de postre.

—¿Y el caniche blanco? —lo primero que pregunta Lina.

—Se murió —dice Adriana.

—¿Hace mucho? —pregunta Lina espantada.

—Ayer. Lo enterramos en el parque.

Durante la comida, la madre llora porque la más chica no quiere comer. Se agarra la cabeza con las dos manos y llora. Se parece a Ana Magnani. Monstruos, dice. La hermana más chica, sin embargo, no parece débil. Le tira con toda su fuerza un cuchillo a la del medio. El cuchillo pega contra la pared y desprende un buen pedazo de revoque. La del medio hace una pedorreta para festejar la falta de puntería de Marina, que así se llama la más chica. La madre se arroja sobre la agresora, la agarra de los pies y la arrastra por el piso hasta su cuarto. Marina chilla desaforadamente. Sorete retorcido, sos un sorete negro y retorcido, le dice a la madre y la escupe desde el suelo. Para tapar el escándalo, Adriana canta a voz en cuello *we shall overcome, we shall overcome ¡some de-e-eee-ey!* El padre menea la cabeza, mira a Lina a los ojos: "El momento crucial del drama histórico se encuentra siempre fuera de nuestro alcance", le advierte. Y después, levantando las cejas, con respeto, agrega: "Cioran".

Desde entonces Lina se siente cómoda con Adriana. Por más que ella pregunte y pregunte, presa de una curiosidad interminable.

–¿Sabés una cosa, Adriana? Me parece que los que se separan son mis padres.

–¿Sabés una cosa, Lina? Nunca tuvimos un caniche blanco.

Hace ya muchos años que Adriana se fue de Buenos Aires. Pero sigue preguntando. No le importa que las respuestas tengan que atravesar tantos kilómetros, que lleguen en desorden o a destiempo. Adriana no se olvida, hace de cada puerto un puerto. Le opone al tiempo y la distancia su obstinación, sus cartas, sus preguntas. No quiere desaparecer.

Sin embargo, la geografía tiene leyes precisas. Adriana está en medio del mar y Lina en medio de la calle Tucumán, sintiendo cómo sus tías se desvanecen. (Cada vez que se las reencuentra, Lina casi se sorprende de que existan.) Se pierden en una bruma lejana donde también flotan, como islas, algunas secuencias de su vida, recuerdos de infancia, amores, viajes, amigos, una red que debería sostenerla, unirla más estrechamente a la vida y que sin embargo se le deshilacha sin cesar, como si estuviera tejida de hebras podridas.

(Pero inesperadamente algo se desencadena. Algo sucede que reactiva los islotes: durante ese día y en los días que siguen Lina no hará más que recordar, aunque imperfectamente. Volcarse hacia el pasado una y otra vez.)

Y así, puro hueso, Lina avanza por la calle Tucumán. La sostiene empecinadamente su próximo objetivo, llegar a la agencia, saber si ese día le pagarán la tercera y última cuota del sueldo del mes pasado que todavía le están debiendo.

Camina hacia Riobamba y baja después hacia Córdoba.

Pasa por su vieja escuela primaria. Los nombres de la señorita Miriam, de primer grado inferior, y el de la Wedeking –la temible maestra de quinto grado–, la atraviesan con liviandad.

La señorita Torres, en cambio, no pasa tan ligeramente. Se toma su tiempo, igual que se tomaba su tiempo frente al cuaderno de Lina.

La señorita Torres mira el cuaderno y balancea la cabeza con un gesto de desánimo. Tiene el pelo gris y fuerte. Si se lo mira más de cerca, se descubre que no es gris, sino pelo muy negro entremezclado con pelo muy blanco, de manera que se la ve joven aunque sea ya una mujer mayor.

–¿Por qué esta letra tan despatarrada? –pregunta la señorita Torres–. La "a" debe ser amable, redondeada; la "e", elegante; la pata de la "p", más larga y derecha. —Y va señalando las letras, mientras habla, redibujándolas en el aire, sobre el cuaderno de Lina, como si también fueran niños esas letras, y necesitaran un consuelo, una caricia de su mano blanca. Esta es la primera maestra que la mira, siente Lina, la mira de una forma parecida a como lo hace su tía Male, sin apuro, como si estuviera dispuesta a esperarla.

Vuelve sobre su cuaderno, Lina. Piensa, mientras escribe, en esa "a" redonda y dulce que imagina la señorita Torres. Sin embargo no es la señorita Torres quien le lleva la mano. Es Valeria (aunque no esté allí, Valeria se apodera de ella como lo hará en tantos momentos de su vida) que arrastra su mano con furia, la hace raspar el papel con la pluma y deslizarla hacia arriba y abajo con impulsos desordenados.

—Está un poco mejor —dirá de todos modos la señorita Torres.

Un poco mejor que la letra desastrosa de Valeria, que sus páginas arrugadas y manchadas de tinta. Lo suficiente como para que ella, Lina, pase de grado. Y su hermana Valeria, no.

Lina llega hasta Santa Fe. Pasa por la esquina donde había estado el Riobamba, el viejo Riobamba de los tallarines a la parisién y el arrollado de frutillas. También ese recuerdo se expande, se impregna de sensaciones, empujado por la subterránea tranquilidad de saber, una vez más, que su madre no ha muerto. Una vez más, la amenaza no se ha cumplido. En la bruma, ajena a su conciencia, una sucesión de escenas se barajan como postales, se reordenan en un álbum de hojas finísimas y cantos dorados. Su madre ofreciéndole el pequeño revólver calibre 22. Su madre pidiéndole el vaso de agua para tragar las pastillas de Nembutal. Su madre emergiendo de su operación número 1, número 2, número 5, número 10.

Lina recuerda ahora con vividez los tallarines a la parisién, su cuerpo consistente enrollándose en el tenedor, los trocitos de pollo y jamón, la salsa blanca espesa con el perfume de la nuez moscada. Se le hace agua la boca. Nada da más hambre que eludir la muerte.

Cuando tenía ocho años, lo que debía aprender a tocar era el violín. Quién lo dudaba. Aunque también podría haber sido el piano, como su prima Thula. Lo que no estaba planificado, de modo alguno, era el acordeón.

Tomás se ha detenido frente a una casa de venta de instrumentos musicales en la calle Sarmiento y Callao. No hay ningún violín a la vista, pero sí una guitarra firmada por B.B. King, varios bajos eléctricos y una batería que lanza destellos mudos contra la vidriera.

—¿Acordeón? —pregunta el padre—, ¿por qué acordeón?

Tomás lo recuerda casi tan asombrado como cuando preguntará unos diez años más tarde: ¿peronista?, ¿por qué peronista?

Un acordeón es apenas un poco más que una armónica, un instrumento nómade, sin cultura, un acordeón no alcanza a ser un instrumento. Es un juguete, *ein spielzeug*, le ha susurrado a la madre por la noche, con la voz ofuscada. Un sonido que hiere el oído de un buen músico, ¿de dónde ha sacado Tomás eso del acordeón? Tomás lo había sacado de una película, un hombre tocaba el acordeón y bailaba y a él le había gustado cómo el instrumento se plegaba al cuerpo, cómo se abría y se cerraba contra el pecho. El violín le parecía tanto más ajeno, tan difícil de congeniar con su cuerpo flaco y huesudo, había que inclinar la cabeza en esa posición tan incómoda, con ese detalle miserable de un pañuelo doblado entre el mentón y la madera. Y el piano, el piano era un mueble, hubiera sido como tocar la gran mesa de seis patas del comedor de la calle Canning, o tocar el alto aparador donde su madre guardaba los manteles de hilo. En cambio el acordeón le parecía cercano y flexible, capaz de respirar con él, de dejarse abrazar dócilmente. Tal vez él sólo quería eso, abrazar a alguien. O quería, sobre todo, contrariar a su padre del mismo modo que su padre se contrariaba a sí mismo, lejos para siempre de su imaginaria y refinada vida alemana, donde no hubiera tenido que trabajar en una fábrica de pilas, controlar todos los días, con odiosa rutina, la exacta proporción de mercurio y negro de humo capaz de desencadenar contra las carcazas metálicas la esperada reacción de la electricidad.

Tomás se aleja de la vidriera, cruza Sarmiento y camina hacia Corrientes. Le han despertado cierta alarma esos ramalazos infantiles que lo llevan a pensar en Lina Casté. Entrar a Corrientes también lo inquieta y decide seguir unas cuadras más por Sarmiento. Dejar que las luces, los olores y los recuerdos de la avenida –esa corriente que alguna vez fue irresistible– le lleguen amortiguadamente. Tal vez esa sea la mejor manera de acercarse a Buenos Aires, conservando cierta distancia. (También su militancia política ha tenido una secreta reserva. Aunque no puede asegurar que eso le haya salvado la vida, Tomás piensa que él ha estado signado por la periferia, que siempre se ha mantenido un poco fuera de lugar, ligeramente desplazado, bordeando las cosas y no en su puro centro.) Se detiene frente a una cabina telefónica. ¿A quién podría llamar? Su agenda argentina tiene tan pocos números.

Lina abre la primera puerta de la agencia, la que lleva el nombre de la firma con grandes letras plateadas. Se detiene en el vestíbulo y enfrenta ahora la doble puerta de vidrio que la separa de la recepción. Desde allí ve la cara cansada de Dolly, el rímel corrido bajo sus ojos un poco saltones. Dolly la ve a su vez, levanta las cejas en señal de reconocimiento, después levanta el brazo, cierra el puño con el dedo pulgar en alto y lo da vuelta hacia abajo bruscamente. O sea que ese día tampoco van a cobrar.

Hace casi dos años que a Lina le pagan el sueldo en varias cuotas. Convive con aquella economía angustiosa e incierta como ha convivido más de una semana con la cucaracha muerta.

(Simplemente, Laura, la directora de arte, y ella se acostumbraron a encontrarla allí, cada mañana, arrugada e insignificante, un pequeño monumento a la obstinación, al estrecho destino que las aguardaba dentro de esa oficina. Todos los días le dedicaban alguna frase, un pensamiento, hacían rodeos para no pisarla, la veían consumirse más todavía, volverse el cadáver de su cadáver hasta que un día se decidieron, la recogieron con un papel –pensando que era un pajarito para vencer la repugnancia– y la tiraron al inodoro.)

También se había acostumbrado al constante parpadeo de la luz fluorescente, a la falta de eñes de su teclado y al mal aliento de Ceretti.

Pero en los últimos tiempos las cosas tomaron un giro diferente.

La última cuota del sueldo de un mes se trasladó al siguiente y esa cuota, más la última del mes siguiente, se sumó y trasladó a su vez al próximo mes, y así sucesivamente durante ocho meses, de manera que la deuda de la agencia con ella había crecido como una bola de nieve. El premio a tanta paciencia y buena voluntad llegará inexorablemente, cuando la agencia gane una improbable cuenta de vinos.

Lina queda detenida detrás de las puertas de vidrio.

Piensa que debería dar marcha atrás, no volver a pisar aquel lugar. O entrar y cubrir de insultos a Ceretti.

Así está inmovilizada su vida, entre un pasado y un futuro igualmente oscuros. En aquel mínimo espacio, puertas por delante y puertas por detrás, está su presente. Y es ilusorio que allí se mantenga a salvo. Tiene que salir de allí, dejar que el futuro, inhóspito y mezquino, se desencadene de todas maneras. Tal vez sea esa convicción, y no sólo la operación de su madre, la que está activando anárquicamente su memoria. Replegarse parece ser la orden de defensa. Aunque sea hacia un pasado doloroso, donde se ha tramado este presente. Salir de la jaula. ¿Habrá en el pasado algún remanso? Si el pasado es tan arbitrario como los recuerdos, ¿se podrá modificar de alguna manera? ¿Reconstruir así el presente? ¿Construir el presente desde el futuro?

El pasado, con todas sus imperfecciones, es, de todos modos, terreno más seguro. El pasado es, al menos, lo ya sufrido.

Dolly la mira con paciencia, levanta los hombros y suspira. A cada uno le ha tenido que decir lo mismo, no, hoy no, habrá que ver mañana. Cada uno digiere como puede la noticia, ya se sabe cómo está el mercado publicitario, el mercado en general, el país. Habrá que bancar la ración diaria de amargura. Habrá que tener más paciencia, habrá que esperar, estirar el día, renunciar, soñar con el Prode, llorar, odiar, eso dice Dolly, con sus ojos de asombro, muda y solidaria, a los que van llegando.

Por fin Lina empuja la puerta vidriada y acepta una vez más las oscuras reglas del juego.

Dolly hojea su cuaderno buscando algún mensaje para ella.

—Hoy no te habló tu mamá —dice casi decepcionada, y le dedica una sonrisa de comprensión donde cabe toda la gama de mensajes extravagantes que su madre le deja en la agencia día por medio. *Dice que tenés que acompañarla a hacerse los potenciales evocados, dice que salió un rato hasta Casa Tía a robar una caja de calditos.*

Dolly ha sufrido un amor desdichado que cuenta con detalles a quien quiera escucharla y en una oportunidad ha intentado cortarse las venas. Esa experiencia la ha dejado permeable a la complejidad de la vida y le ahorra a Lina la penosa tarea de tener que cubrir con simpatía, o camuflar, los mensajes de su madre.

—Lo que pasa con mi madre es que ella es un poco... —y dejar el adjetivo flotando en la indefinición, espiando la reacción del otro, alguna pista que le indique el próximo movimiento, dentro de qué código la rareza o la franca agresión de su madre podrían encontrar una justificación.

Dolly en cambio le da los mensajes con indiferencia.

Dice que hoy tiene el dedo misterioso tan dormido que casi no puede marcar. Dice que encontró caca de rata en la cocina. Dice que no aguanta a las viejas del póquer pero que son las únicas que la invitan un sábado a comer. Dice que Némesis está al acecho. Dice que ella ya está –Dolly lee en su cuaderno la frase que la madre le ha dictado letra por letra– *penchée sur la fosse.*

–Tenés reunión en el laboratorio –dice Dolly– y Laura tiene que chequear con vos unos originales.

Apenas se asoma en su oficina, Laura la ataja de pésimo humor.

–Esta agencia está para el volquete, flaca. ¿Hasta cuándo pensás bancarte que no nos paguen?

Laura es bastante más joven que Lina. Y Lina la respalda incondicionalmente, aunque sabe que a veces la llama "la anciana". Ella siempre había formado equipo con directores de arte. Había visto crecer a muchos astronómicamente, los había visto chuparle las medias a quien correspondiera, robar clientes, poner sus propias agencias, ganarse premios, humillarse, trabajar como burros, emigrar o desaparecer abruptamente del panorama. Pero había visto sobre todo su sincero entusiasmo publicitario. Un entusiasmo que ella no podía compartir por más que lo intentara. Lina se veía junto a ellos, desde un lugar de observación sereno, dando dóciles cabeceadas de asentimiento para acompañarlos. Siempre había ideas geniales, audaces, correctas o mediocres frente a las cuales abrir los ojos de una cierta encantada manera, y asentir después con el mismo gesto y la misma sonrisa neutral, permitiéndose incluso hacer algunos reparos, pero simplemente para dar más fuerza a la idea inicial, más convencimiento al otro, porque al final de cuentas a ella qué le importaba que una gallina saliera del tarro de mayonesa y que los chicos la siguieran por toda la casa cantando y aleteando como pollitos o que en cambio fuera una gran baguette animada quien hablara al oído al ama de casa, susurrándole con voz de pan cuál era la mejor mayonesa del mundo.

Por más esfuerzos que hiciera, aquella pasión publicitaria no llegaba a encenderla. Por eso, esta vez, la primera en veinte años que trabaja con una mujer, es un alivio dejar de fingir.

—Piden otra variante del comercial de antigraso —dice Laura sin despegar los ojos de la pantalla de su computadora—. Parece que la del fantasma en el espejo no funcionó. Hablando de fantasmas, ¿tu mamá?

Recién entonces Laura abandona la pantalla y viene rodando sobre su silla hasta acodarse en la gran mesa cuadrangular de Lina. Lina le cuenta lo de los dientes, la cofia y la lata de Té Mazawatee.

—¿Fue la peor vez? —pregunta Laura.

—Siempre parece la peor. Pero en realidad, es siempre la misma vez —dice Lina.

Laura se queda mirándola. La mira, muchas veces, como si ella fuera una reliquia de los sesenta y los setenta. (Una ruina, Laura, un escombro, más bien.) Mierda, pensar que ustedes lo tenían a Cortázar, dice, y al Che. Nosotros ¿qué tenemos? Marketing. Y la posibilidad remota de salvarse consiguiendo un novio narcotraficante.

—Yo también tengo una historia de dientes postizos —dice Laura— de mi padre. Le lastimaban la encía y le habían sacado una llaga verde enorme. Pero tenían una virtud inesperada: parecían verdaderos. Al dentista de Morón le habían salido un poco desparejos, y gracias a la mala calidad moronita parecían auténticos. Estábamos todos en Italia, de visita en su pueblo, y por más que mi madre se lo rogara, fue imposible convencerlo de que se sacara la dentadura para curar la llaga. Después de treinta años de ausencia, quería mostrarse joven entre los suyos. Era uno de los pocos de su edad que tenía todos los dientes. Al menos eso era lo que parecía. Para peor, después de quejarse contra la humedad de Buenos Aires durante décadas, de añorar el dulce clima de su pueblo, resulta que el dulce clima le reactiva la artritis de la mano derecha. ¿Sabés qué hacía? –se indigna Laura–, ¡comía con la izquierda! ¿*Sei mancino?*, le preguntaban en la mesa. Y Pasquale, un primo segundo más viejo que él, les aseguraba a todos que sí, que mi padre siempre había sido zurdo, que él lo recordaba bien, le ataban la mano para que usara la derecha pero él, que además de *mancino* era cabezón (y en eso no se equivocaba), insistía en usar la izquierda. Mi viejo hacía que sí con la cabeza. Se hizo el zurdo toda la semana que estuvimos en el pueblo y se aguantó la llaga. Yo lo veía masticar y me volvía loca. Pero él no iba a arruinar treinta años de acariciar aquel viaje triunfal a su pueblo por nada del mundo.

Lina abre la puerta de su casa con prudencia. No se oye el menor sonido. Ni siquiera el goteo de la canilla de la pileta. Amelia ha tenido la tiernísima precaución de dejar un trapo bajo la canilla, para que amortigüe el insistente plic plic. En el silencio de la casa, el botón rojo del contestador automático titila. Una señal de vida en la oscuridad de la cocina. Lina se pone tensa, un universo de mensajes posibles está allí encerrado. Otros cursos, el punto de bifurcación de un destino.

El anuncio de la muerte es instintivamente el primer miedo que la golpea. Ya le han asestado otras veces esa puñalada, tres veces ha levantado ingenuamente el tubo del teléfono y ha recibido la descarga mortal.

De modo que sabe, pavlovianamente, que la muerte puede estar allí diferida, dispararse en el momento en que uno pulse el botón rojo como podría desencadenar el lanzamiento de una bomba: se murió tu hermana, se murió tu viejo, la agarraron a Graciela.

Sin embargo, algún otro hecho mejor puede estar allí detenido, ser la noticia reveladora que durante tanto tiempo esperó del diario. Sí, lo sabe, aquello sigue siendo tan infantil como soñarse Juana de Arco en la infancia o Scarlett O'Hara en la adolescencia. Pero es inevitable. Hubo una época en que intentaba imaginar algún mensaje extraordinario: herencias ignotas, secretos familiares súbitamente develados, personajes extravagantes que la elegían por alguna cábala secreta –deseo de protagonismo, decía Graciela, el más burgués deseo de protagonismo– pero cualquier mensaje con semejante pretensión no podía resultar más que un argumento barato. No había mensaje capaz de colmar aquella expectativa, aquello era el puro deseo coagulado, el elixir de la ausencia.

Lina aprieta el botón rojo, sabiendo, con un 99% de certeza, que la máquina habrá almacenado otra más de las banalidades desalentadoras que pueblan su vida. Pese a todo, al apretar el botón, no puede evitar una oleada de ansiedad y después de desencanto cuando ninguna voz acude. Pero un momento: hay un segundo mensaje. Lina redobla el alerta inútilmente: un nuevo silencio se abre como un precipicio. Rebobina y vuelve a pasar los dos mensajes en blanco. En el segundo puede oír un bocinazo que se pierde en la distancia. Alguien que ha llamado de un teléfono público, desde la calle. Lina se queda inmóvil junto al teléfono, casi sin respirar, como si de ella dependiera no espantar un próximo llamado, darle ánimos para que se concrete.

Por fin llega hasta su cuarto y se derrumba en la cama sin sacarse siquiera el tapado. Con una increíble economía de movimientos, empieza a desvestirse acostada, una especie de strip tease sin sensualidad, hasta que alrededor de la cama, en varios montículos, va quedando su ropa. Lina la espía como si fueran animales desconocidos, el tapado, los pantalones, la camisa, la camiseta, el corpiño, cáscaras secas, vaciadas, jorobadas, retorcidas y agotadas de ella misma. Jirones de su cuerpo. (Te regodeás en el dolor, le decía Pablo.) Jirón del cielo, que me ha dado diooooo. ¿Será capaz, por una vez, de dormirse sin cumplir el rito de los dientes? ¿Sin el cepillado a cuarenta y cinco grados contando hasta nueve? Contás hasta nueve y después pasás al siguiente y otra vez contás lentamente hasta nueve siempre cepillando suavemente y así hasta completar toda la hilera, por el lado externo, luego otro tanto por la cara interna. No, no se siente capaz y menos aún de practicar el masaje de las encías con el palito o el hilo dental, haría falta para ello un verdadero fervor por la vida que Lina está muy lejos de sentir. Aunque una caries, esa minúscula forma de muerte, se puede formar en apenas veinte minutos. Esto lo harás en mi nombre y te juro que si lo hacés todos los días, le había dicho Elvio, llegarás a los ochenta años con todos tus dientes. Un día, piensa Lina, un solo día no puede desbaratar meses y meses de tarea. ¿Ah, no? La placa bacteriana está siempre al acecho, le susurra la inquilina, la tenaz mula que vive en su interior y con quien debe compartir y discutir hasta la más insignificante de las decisiones. (No hay nadie más chupamedias, ni pusilánime. La mula tiene que cumplir con todos los preceptos, con todos los gestos lógicos. Una adoradora de las rutinas. Con una inexistente capacidad para la aventura, aunque más no sea para la improvisación.) Lina lucha brevemente con ella y consigue una victoria parcial. Se estira a lo ancho de la cama. No lo extraña a Pablo, piensa.

Mira hacia el espejo de la cómoda (donde a veces su imagen y la imagen de su abuela pueden encontrarse) pero esta vez sólo ve manchas de humedad sobre la superficie. O tal vez son sus párpados, donde el viejo dispensador del sueño va depositando arena fina hasta que, de tan pesados, se cierren piadosamente sobre aquel día agotador. Algunos segundos después, o tal vez algunas horas después, ella está frente a otro espejo. Posiblemente el espejo del baño, pero no puede saberlo con precisión porque todo lo que la rodea tiene los bordes un poco difusos. Sin embargo algo hay, sí, que siente con toda certeza, siente dentro de la boca que se aproxima una catástrofe. Sus dientes tienen la frágil consistencia de las conchillas más desgastadas de la orilla del mar y apenas Lina mueve la boca y los frota suavemente unos contra otros, caen a pedazos, astillados, con un sonido musical como de xilofón que pretende, como una burla, quitarle dramatismo a la escena. Esto me pasa por no lavarme los dientes, piensa Lina, tratando de descifrar medio dormida los números fosforescentes del reloj despertador. Tarde o temprano la inquilina se sale con la suya. Esta vez, muy tarde, casi a las dos de la mañana. Tambaleando, va hasta el baño, comprueba que tiene todos los dientes, se los cepilla por ambas caras contando hasta nueve –trescuacinseisietochonue–, hace pis, camino a su cuarto se detiene un momento frente al cuarto que había sido de los mellizos y por fin le parece merecer un descanso sin pesadillas.

Tomás está casi dormido cuando suena el teléfono.

La voz de Lilian le llega retrasada unas décimas de segundo, fragmentada por la distancia, dejando resquicios por donde se cuela la extrañeza. Qué sucede en ese tiempo, en ese mínimo traspié que se desliza entre las palabras de uno y las palabras del otro.

Lilian pregunta si está bien, cuenta que ha caído una gran nevada, que la caldera ha funcionado perfectamente, pero ha sido necesario llamar a Peter para ayudarla a abrir un camino en la nieve. Lilian y su coraje americano. Tomás se la imagina con sus manos grandes y eficientes retirando nieve con una pala o cortando manzanas en rodajas con una precisión que hipnotiza mientras comenta las últimas novedades del Departamento de Biología. Y ahora estos hemisferios distintamente inclinados hacia el sol los ponen a vivir a contramano uno del otro, ella se levanta cuando él se acuesta, tiene frío cuando él tiene calor, se pone un pulóver cuando él se lo saca, la tierra los ha dejado en posiciones diferentes, él más cerca del sol, ella de la nieve.

Tomás corta con Lilian y mira a su alrededor. La otra parte de su vida ha emergido desde su iceberg, le ha recordado que tiene una casa allí, en Linnville, una familia, unos hábitos. Puede sentir el zumbido de la puerta automática del garage abriéndose para recibirlo cada tarde, a su regreso de la Universidad. El rumor tranquilizador de la caldera. El silencio en su biblioteca de estantes blancos. El descorche de sus vinos californianos. Es curioso, piensa Tomás, recuerda muchos sonidos vinculados a su vida americana, como si se tratara de un comercial publicitario, silencios y sonidos armónicamente distribuidos, sonidos del confort, de proyectos deplegándose tal como estaba previsto, sus alumnos en la universidad, su investigación sobre la enfermedad de Rhode, sus *papers*. Una vida consistente, satisfactoria, podría decirse. Tomás vuelve a dormirse, acurrucado sobre el lado derecho de la cama, obediente a la rutina de los años matrimoniales.

Lilian lo ha acompañado en su paseo por sus otros mundos, en Alemania, en Méjico, pero, esta vez, Tomás ha decidido viajar solo. Estrictamente personal la cuestión, entre su padre y él.

—A la que le tenías miedo era a la sordomuda —le recuerda su tía Male.

La sordomuda era una amiga de su madre que vivía en La Plata y que cada tanto venía a Buenos Aires a visitarla. También en ella había algo que no parecía humano: una voz deformada donde las palabras rodaban arrastrando ecos guturales, como fantasmas con cadenas. Lina se escondía en la alta cama de bronce de sus padres mientras la sordomuda hablaba en aquel torrente áspero y confuso que no se interrumpía hasta el final de la visita.

Un día Lina escuchó, relacionadas con ella, las palabras "furor uterino" y le pareció lo más lógico del mundo que a aquella manera de hablar le correspondiera semejante definición. Años más tarde pudo entender que el lenguaje furioso, del que ella se protegía tapándose los oídos con la almohada, no hacía sino relatar los avatares del otro furor: el que era ejercido principalmente con el sodero, con el lechero y con todo proveedor que pisara ingenuamente la cocina de la sordomuda.

Ahora —y esto la torturaba a Lina— ¿por qué la confidente de esas aventuras era precisamente su madre? Lina podía encontrar muchas respuestas. Pero frente a cada una de ellas aparecía siempre un hecho incontestable. Un paradigma: la madre de Capristo, el moño más blanco y almidonado de toda la primaria. Detrás de ese moño, estaba la Señora de Capristo. El alma mater de la cooperadora y de todas las comisiones de padres del colegio. Una viuda perteneciente a la acción católica y vestida de negro hasta las orejas, a quien la sordomuda no se atrevería a confesarle ni media palabra de sus amores pecaminosos. Muda se quedaría frente a la inmutable respetabilidad de la viuda. En cambio su madre.

Su madre, que ella recordara, había ido sólo a una de las reuniones de la cooperadora. Había llegado tarde, con el pelo desmelenado y, frente al grupo de madres presidido por un pizarrón donde rezaba la frase "Los únicos privilegiados son los niños", había asegurado que los niños eran perversos polimorfos y que por lo tanto era mejor tenerlos bien a raya hasta que alcanzaran la pubertad.

Desde entonces la Directora, que siempre había ignorado a Lina, la privilegió con su mirada: unos ojos helados que la inspeccionaban de arriba abajo, llenos de desconfianza, como si ella en persona fuera la perversa, la polimorfa.

Lina entra al cuarto de la clínica y se encuentra al cadáver recuperado en plena discusión con una mujer joven, muy pálida y de pelo electrizado que la mira asustada desde la cama vecina –un cuadro vesicular agudo, según le ha informado su tía Male–. Su madre, ahora íntegramente maquillada por propia mano, infla la mejilla para que Lina le dé un beso, sin abandonar ni por un instante el exaltado discurso antitelevisivo en el que está embarcada. Cómo se le ocurre a la joven del pelo electrizado traer el aparato infernal al cuarto. Por qué no se dedica mejor a la lectura. Los *Pensamientos* de Pascal, ¿los conoce ella acaso? ¿Ah no?, qué lamentable incultura. En ese momento de oscilación de la vida, porque vaya a saber qué infección pueden pescarse las dos en aquel hospital piojoso, los médicos son tan bestias que en lugar de sacarle la vesícula tal vez le saquen otro órgano en perfecto funcionamiento o se olviden dentro de su cuerpo una gasa o una medialuna que les regaló la enfermera mientras operaban, en fin, que el momento requiere una cierta grandeza de espíritu, despegar la mirada del culo de la última putita de moda y dirigirla hacia el interior, elucidar si la verdadera virtud consiste en odiarse u odiar a los otros. *Haïr les autres tant mieux,* concluye la madre. Lina se apresta a lanzarse resignadamente al ruedo cuando entran al cuarto los padres y el marido del cuadro vesicular severo y la salvan del lance. El territorio queda así dividido en dos bandos que desarrollan, a centímetros uno del otro, la heterogénea intimidad de sus costumbres.

C'est dégoûtant, afirma la madre, dando por cerrado el tema, y a continuación le pasa una lista de instrucciones para el día siguiente. La alimentación y la higiene de los siameses: tiene que comprar nalga y de ninguna manera carne picada, se lo hace jurar. La búsqueda de la papeleta azul para Osplad. El orden correcto para abrir y cerrar las distintas cerraduras de la puerta de calle. El pago de ciertas cuentas. Por último, le desliza en el oído una confusa serie de argumentos concebidos para despistar a sus amigas del póquer. A Margarita le dije que me iba a Mar del Plata. A la Rubia que me operaba de un lunar. A Julia Oromí que iba a trabajar de extra en una ópera. Aunque ahora ya no está tan segura. Tal vez lo del lunar se lo haya dicho a Margarita y a la Rubia lo de Mar del Plata. Mejor va a ser que no atiendas el teléfono, ¿entendiste, chica?

La nena te manda este dibujo, se oye desde el bando contiguo. Lina se despide, se pone el tapado, se acomoda la cartera al hombro, ataja las últimas palabras de su madre, qué raro vos, siempre tan apurada, y proveniente del equipo vesicular escucha también, más dulce y discreta, la voz de la otra madre: ¿fuiste de cuerpo, nena?

Lo de la papeleta azul es una jugarreta de Némesis, le había advertido su madre.

Lina y Valeria la habían sorprendido una vez rompiendo en el borde de la pileta de la cocina varios platos. No lo hacía con furia, sino con serenidad, como correspondía a un sacrificio elevado a los dioses. Valeria se asustó y se fue corriendo. Pero Lina había resistido hasta el fin, agarrada al marco de la puerta. No había entendido demasiado la explicación de la madre —aplacar a la diosa de la envidia, evitar su venganza— pero había terminado riéndose junto a ella y, aunque deseara con tanta fuerza una madre de Billiken, en alguna parte de su ser le había parecido admirable que la suya, en lugar de lavar los platos, los rompiera en aquella extraña ceremonia.

Lo de la papeleta azul, entonces —imprescindible para el trámite de internación—, era una típica maldad de Némesis. Todo porque ella, en un momento de distracción, había comentado que Osplad le cubría hasta el 70% de los gastos, ya que consideraban su operación como cirugía "reparadora" y no meramente plástica. En esa parte había descargado sobre Lina una mirada llena de reproches. La reparación tenía un contenido mental, era bueno que ella lo supiera, que excedía en mucho la estética.

Después de esa declaración, la papeleta había desaparecido. Era tarea de Lina buscarla por todos los rincones de la casa a la vez que alimentar a los siameses y cambiarles el aserrín.

—¿A qué piso va? —le pregunta el portero.

—Al décimo B.

—Ah, usted es la hija de la señora del décimo —dice y le lanza una mirada inclasificable. ¿Pena? ¿Curiosidad? ¿Admiración?

Su madre siempre le dice que el hombre es un idiota, lo que no echa ninguna luz sobre aquella mirada ya que para su madre el ochenta por ciento de la gente es idiota.

Después de la mirada inclasificable, el portero le anuncia que tiene que pagar las expensas. Esta vez sí, Lina puede detectar cómo lo dice: con placer. Recibe la noticia con sonrisa profesional —artes de la inquilina— y saca de la cartera el inmenso llavero que le ha dado su madre. El portero la deja dudar sádicamente entre varias llaves pintadas con esmaltes de colores y por fin, con increíble lentitud, extrae su propia llave y le abre la puerta de abajo.

En el palier del décimo piso la recibe un olor familiar a pis de gato que promete intensificarse apenas consiga abrir la puerta. Prueba una tras otra todas las llaves del llavero, hasta que finalmente una calza en la cerradura y la abre.

Las tres gatas salen corriendo como ratas en cuanto Lina prende las luces.

Decide empezar la búsqueda por la cocina. Sobre la mesada hay alineadas varias cuca-trap. Lina las cuenta: son ocho. Comete el error de mirar dentro de las casitas de cartón. Cucarachas de distintos tamaños, de medianas a pequeñas, se retuercen en distintas etapas de agonía. Bajo ellas yacen algunos cadáveres. Según su madre, es el único sistema seguro para liquidar a las cucarachas sin intoxicar a las gatas. Lina siente una arcada y se apoya contra la puerta de servicio. Una cosa es convivir razonablemente con cucarachas adultas y vivas. Y otra cocinar cada día junto a aquellos pequeños seres pataleantes atrapados en sus casitas. Picar perejil, cortar tomates, empanar milanesas, untar pan con manteca, siempre con los pequeños seres agónicos de testigos. Es intolerable. Pero su madre no pica perejil, ni corta tomates, ni empana milanesas cantando ningún tango, ni bolero, ni cosa que se le parezca. La cocina nunca fue para ella. Y los boleros, menos aún. Tal vez recuerde parte de una letra, *reloj no marques las horas* o *tú me acostumbraste,* inclusive la letra completa de *Noche de ronda.* Pero cantarlos, ni soñar. Su madre es increíblemente desafinada, no desafinada como Lina, o sea muy desafinada, lo de su madre va más allá, es como una imposibilidad tan absoluta que se vuelve casi un don, el de un código amusical tan único que es capaz de volver irreconocibles melodías elementales como el arrorró. Lina ha heredado este defecto sólo en parte.

Se desmorona en el sillón de pana azul del living y no puede evitar el recuerdo. Su profesora de canto del colegio primario pidiéndole que abandone el coro.

Desde entonces había tenido que seguir los ensayos sentada en un banquito, envidiando dolorosamente a las que podían cantar aquella parte tan difícil de *Aurora,* la que decía "del color del maaaar". Y algo sucedía con esa "a" que subía y bajaba como una ola del mismísimo mar, de manera misteriosa e irreproducible, porque lo que dentro de la cabeza de Lina parecía claro y armonioso, al pasar por su garganta se distorsionaba, se transformaba sin piedad en otra cosa. Pero *Aurora,* todos coincidían, era muy difícil, con *Aquí está la bandera idolatrada* Lina se las arreglaba mejor. Era esta ambigüedad lo que la había perdido. Porque ella, Lina, había intentado cantar. Había tenido una profesora de guitarra, aprendido *Zamba de mi esperanza,* mi, sol, la, mi, sol, la, y también *Lunita tucumana.* Las dos zambas más elementales, decía su profesora, las más asequibles para alguien que, como ella, no tenía ninguna facilidad musical. Con ese mínimo bagaje, Lina se había lanzado a las guitarreadas. Al menos había podido ver con claridad que en aquella sociedad de clase media, colegio de monjas, pollo una vez por semana y padres bien avenidos, no había ningún futuro si uno no tenía una mínima formación folclórica.

Sí, de eso se acuerda perfectamente. Le habían comprado una guitarra en Antigua Casa Núñez, la más barata de todas. Por más que la afinaran, siempre tenía un sonido áspero, brusco. Pero fue suficiente para que su amiga Cora –la que tenía personalidad– consintiera en llevarla a una peña que se reunía todos los sábados a la tarde en la calle Chile.

La dirigía una mujer de unos sesenta años que se llamaba Adela. Era bajita, muy corta de vista, y declaraba con orgullo que era ex empleada de Gath y Chaves. Como si se tratara de un veterano de guerra o de alguien con un título nobiliario.

Lina conocía las principales posiciones de la guitarra, el rasguido de la zamba y también el de la chacarera, *pan-pan-pan, la miga de pan-pan-pan.* En cuanto a cantar, cantaba en voz muy baja, casi inaudible. Lo malo era que Adela veía poco pero escuchaba mucho. Se paseaba frente al grupo de guitarreros haciendo bocina con la mano contra el oído y cuando llegaba al sector donde estaba Lina –a ella el corazón le empezaba a latir locamente– se detenía, fruncía la cara con disgusto, se concentraba unos instantes en ese disgusto, y disparaba la pregunta fatal: "¿Quién está desafinando por aquí?". Entonces Lina –que en el fragor del estribillo y envalentonada por las otras voces había olvidado sus precauciones y había levantado la voz– bajaba abruptamente el volumen y por fin se limitaba sólo a mover los labios, sin que el menor sonido saliera de su boca, hasta que notaba que la cara de Adela se distendía y, nuevamente satisfecha, reiniciaba su paseo haciendo gestos de aprobación con la cabeza. Con las mejillas ardiendo de vergüenza, Lina seguía con el movimiento labial, como rezando –rezando para que no la descubrieran– y se vengaba secretamente todo el resto de la tarde, pensando qué porquería era la zamba, qué pesadez lo del estribillo, que se la pasaba repitiendo lo mismo del sauce, la china y la huella, por si uno era idiota y la primera vez no había entendido, y lanzando un mudo desafío a los guitarreros a ver quién de ellos, todos tan afinados y tan engominados, sabía acaso qué significaba "yapar el jornal", qué era la "quencha" o el "huete" o quién habría visto alguna vez en su vida "la flor del alfalfar" ni sentido remotamente la "tristeza del crespín".

–Papeleta azul, papeleta azuuuul –canta Lina por el living, desafinando lo más que puede. Al mismo tiempo abre al azar un cajón de la cómoda. Discos de 45 R.P.M. Se les ponía un tubo adaptador o una pequeña arandela plástica para calzarlos en el eje del tocadiscos. *Personalidad*, de Billy Caffaro. Justo. Lina se sienta en el sillón provocando el revuelo de miles de pelos de gato acumulados allí. Personalidad. Estornuda con estruendo, la única manera en que le parece decoroso estornudar. ¿Cuántos años tendría ella cuando estaba de moda esa canción? ¿Diez? ¿Doce? Hay que tener personalidad, ou, personalidad, yes, hay que tener personalidad, ou. La letra no decía mucho más que eso, su personalidad radicaba en ese urgente reclamo de personalidad.

¿Qué era lo que ella había hecho con personalidad por aquellos años? Absolutamente nada. Mejor dicho, una sola cosa: le había mostrado el culo al vecinito de enfrente. Ese había sido, indudablemente, un acto de arrojo. Tal vez uno de los mayores actos de arrojo de su vida.

(La vida de su madre ha sido más intensa, más dramática, mientras que ella se ha limitado a deslizarse dócilmente y llena de miedos por las experiencias que el simple transcurso del tiempo ha ido depositando a sus pies. Ha sufrido una mengua de la pasión, no ha sido osada Lina. Valeria, a su modo, también ha elegido la intensidad: una intensa manera de destruirse. En cambio ella, Lina, sobrevivió en los resquicios a fuerza de vacilaciones y de renuncias. Eso es, al menos, lo que cree.)

Lina saca el disco y vuelve a guardarlo en el cajón de la cómoda.

La papeleta azul no puede estar allí. Mejor busca en la estantería baja del cuarto de su madre. Eso tiene más sentido.

Lina vacía los estantes, están abarrotados de libros nuevos y viejos, de carpetas, de suplementos de diarios, de boletas de tintorería. Después de mirar cada uno, los va poniendo muy derechos, de mayor a menor, luchando con los papeles sueltos, alineando obsesivamente los cantos de los libros, creando una agradable sensación de orden, aunque más no sea en aquel espacio reducido. Ordena la realidad y tu interior se ordenará. De papeleta azul, nada. Pero algo azul hay. Un viejo cuaderno. Lina lee con ligera aprensión una etiqueta pegada a la tapa, dice "Diario". Es sin duda la elegante letra de su madre con íes tan largas como si fueran eles. En la línea de abajo, con caracteres romanos, está escrito el número IV y esto la alarma, significa que hay varios de estos ejemplares, por lo menos cuatro, encerrando distintas épocas de la vida de su madre. Distintas épocas también de la vida de Lina. Juro que no lo voy a leer, dice Lina. Juro.

(Podría envenenarse Lina, como aquel Sultán de *Las mil y una noches,* atrapado en una refinada trampa. El malvado se humedecía los dedos para pasar las hojas pegadas de un libro, se los llevaba una y otra vez a la boca hasta que caía muerto, porque entre aquellas páginas dormía el veneno del vengador. Y así, guiado por la curiosidad, él mismo se había introducido la muerte en el cuerpo, gota a gota.)

Lina ubica el cuaderno estratégicamente en la hilera, muy apretado, deseando que se confunda, que desaparezca para siempre entre aquellos otros textos de *Geografía* de segundo año, *Lengua* de Kovacci, las *Fábulas* de Esopo, una *Montaña mágica* destripada de Thomas Mann, algunas policiales en francés, y, por supuesto, al menos un tomo en papel biblia de *À la recherche du temps perdu.*

(Pero hay palabras que no pueden confundirse, que aunque pesen sobre ellas años o libros no se erosionan, mantienen intacta su geografía, su gramática caprichosa, su capacidad de recuperar el tiempo o de triturarlo. Algunas podrían estar escritas en cualquier fragmento de este cuaderno azul, otras no.)

Me he mirado un rato largo en el espejo. Siempre me producen el mismo efecto mis ojos. Son notables. He hecho girar la dirección de la luz para ver cómo iban cambiando del azul intenso al celeste turquesa.

Si pudiera tocarlos sería como tocar terciopelo. Me fascinan las salpicaduras de negro que rodean la pupila, no es casual que estén allí, es intencional, la decisión de un buen pintor para hacer resaltar el celeste. Ayer tuve la tentación de depilarme las cejas para que queden dos arcos perfectos, como las de Marilyn, pero no, creo que es mejor así, mantener este ángulo que les da su toque canallesco, le quita inocencia al celeste.

La femme: ange et démon.

—¿Vos no tenías personalidad? —le pregunta Laura, incrédula.

—Ni personalidad ni vida interior —dice Lina—. Una desgracia que, al parecer, sobrevenía como consecuencia de no tener el gusto formado. Aunque tal vez fuera al revés. Tal vez fuera precisamente la falta de vida interior, ese vacío pavoroso, lo que impedía la formación del gusto.

Sobre gustos no hay nada escrito, decía algún irresponsable.

No sabía a quién se lo decía, pobrecito. Ella lo fulminaba con la mirada.

Qué equivocación. Sobre gustos había muchísimo escrito, tomos y tomos, sólo que el irresponsable no los había leído. No tenía el gusto formado, dictaminaba la madre. Lina y Valeria tampoco tenían el gusto formado.

En segundo lugar, y como era lógico, carecían de vida interior. Su afición a las revistas de historietas era inversamente proporcional a esa carencia. Lo que, traducido a los términos comerciales de la librería de compra y venta de enfrente, significaba que Lina y Valeria atacaban la biblioteca de la madre una vez cada quince días, elegían algunos de aquellos tomos que trataban sobre gustos —cuero negro y finas hojas de papel biblia— cruzaban la calle y concretaban la tropelía. Vendían los libros —y también discos— provocando la alquimia más asombrosa. Un Platón se transformaba en Roy Rogers. Un Eurípides en Archies y Torómbolos. Un Neruda Obras Completas en Pequeñas Lulúes. El problema era que la vida interior que despertaban las aventuras de esos personajes era intensa, pero fugaz. A los pocos días era necesario cambiar las revistas, a razón de dos usadas por una, hasta que se acababa la provisión original y la rueda volvía a empezar. Total, en aquella casa había demasiados libros y discos y nadie parecía darse cuenta de los huecos que iban quedando en la biblioteca. Sin embargo, a veces, tal vez un año o dos años después, la madre súbitamente se preguntaba: ¿a quién le habré prestado *Ana Karenina*? O decía: yo tenía un disco precioso de Gardel, ¿dónde estará? A Lina le daba un poco de pena haberlo canjeado por un Pato Donald, *las casadas, las viuditas, las solteras, para mí son todas peras en el árbol del amor*. Recordaba la voz desgarrada de Carlitos y la extraña imagen que le suscitaba, viuditas y solteras, mujercitas colgando como frutos de un árbol. ¿Tampoco ella volvería a escucharlo? Y esa puntada de nostalgia, ¿no encerraba acaso un preanuncio? El misterioso proceso en que el gusto se formaba, ¿no estaría empezando a germinar en su interior?

Lina se sienta a la mesa ovalada del directorio junto a Laura, abre su cuaderno y toma apuntes de todo lo que se dice en la reunión.

Se dice que el polvillo es seco y fino en tanto la caspa es una exfoliación de películas más grasas y consistentes. Se dice que esta es una fantasía femenina producto de una actitud negadora: al llamarla polvillo, asociándola a la sequedad del cuero cabelludo, las mujeres evaden los sentimientos negativos que su caspa les despierta considerada como un defecto intrínseco de su naturaleza. En rigor, polvillo y caspa serían exactamente lo mismo.

Lina anota esto en su cuaderno. En otro orden de cosas, también nota que la psicóloga desarrolla sus argumentos con inexplicable pasión, que hace constantes remolinos con las manos a la altura de su pecho, que estos movimientos resultan una maniobra de distracción tan inútil como la falacia del polvillo: nadie ha dejado de advertir la enormidad de sus pechos. En particular, el gerente de producto que le dedica sus observaciones más agudas. El polvillo, le pregunta, ¿podría, al menos, considerarse una caspa más benigna? Podría, asiente ella. El gerente de producto mira a la psicóloga con gravedad y concluye que, en una escala problemática ascendente, tendríamos entonces polvillo, caspa, seborrea y, el punto más grave e irremediable, pérdida del cabello.

Lina suspira pesadamente.

—Para mí —susurra Laura— que la caspa se transforma en polvillo si te rascás mucho. —A continuación apoya la mano sobre la mesa de manera que la uña monstruosa queda a la vista de todo el mundo.

"Es mi único defecto", le había dicho en la primera entrevista, mostrándole una uña amarillenta, crecida arbitrariamente en capas superpuestas y deformes. "Toda mi neurosis está concentrada aquí."

No era un defecto de nacimiento, le había explicado. Era un hongo que habitaba debajo de su uña hacía ya muchos años. "Como un caracol o una tortuga bajo su caparazón", había dicho Laura, moviendo graciosamente el dedo.

Esta vez nadie mira la uña de Laura y todos se concentran en el grabador que la psicóloga enciende para hacer escuchar los tramos salientes de los testeos. Decenas de mujeres hacen declaraciones ominosas acerca de su pelo. El grupo, casi diez personas adultas, en respetuoso silencio, bebe aquellas palabras reveladoras. Allí puede estar encerrada la clave de una cifra de ventas espectacular, de millones de dólares de ganancia. Lina cierra el cuaderno y mira el reloj, con la esperanza de llegar a la clínica de su madre a la hora de almuerzo.

Cuando vuelve a mirarlo son las dos de la tarde, la conversación ha abandonado el cauce informativo de la caspa y se hunde en la ciénaga de las anécdotas personales. Lina ya conoce el mecanismo. Chupados por el vacío inevitable que trae el final de una historia (una coima en la ruta a Mar del Plata) se hace imprescindible encadenarla con otra, igualmente intrascendente, relatada con la misma pasmosa falta de crítica. Ninguna conclusión interesante surge de ellas. Ninguna deja adivinar el menor asomo de valentía, de moraleja, ni de gracia.

¿Por qué Lina y Laura y la psicóloga de pechos grandes, que al fin y al cabo están haciendo su trabajo, tienen que sacrificar casi treinta minutos de su vida para escuchar las exactas palabras intercambiadas por los policías y por Ceretti? (Entonces yo le dije, entonces él me dijo, hay un orgullo en la precisión.) Por dinero, ya se sabe, le sopla la siempre brillante inquilina que todo se toma al pie de la letra, como si no hubieran estudiado en la facultad el significado de las preguntas retóricas.

Lina siente una oleada de ira. Algún día ella podrá levantarse de una reunión como esa y decirle a Ceretti usted es un idiota, un reverendo idiota y bien merecido se tiene ser gerente de productos tan inmundos como champúes para la seborrea, lociones para la calvicie o duchas vaginales. Y a Martínez, que festeja a risotadas la más nimia de sus anécdotas –cimentando así un estudiado y sistemático reparto de coimas–, que es un verdadero chupaculos, cosa que ningún champú ni pomadita del mundo alcanzaría a remediar.

—Nunca tuve caspa —dice Laura—: tuve asma. Mi madre se paraba junto a mí en el espejo y me miraba con pena. Sos tan blanca, me decía, tan transparente, que me das miedo. El miedo de ella me cortaba la respiración, me volvía cada vez más frágil. Algunas veces, cuando me despertaba de noche, iba tambaleándome hasta el espejo y buscaba mi imagen en la penumbra. Tenía la sospecha de que había dejado de existir. De que había pasado del otro lado del espejo como la chica del cuento.

—Mi madre ponía su cara junto a la mía —recuerda Lina— y me decía "sos de color verde". Y, en efecto, allí estaba el espejo para confirmar que ella era dorada y rubia y tenía unos hermosos ojos azules. Y yo era verde, "como tu padre", decía ella, tenía ojos insignificantes y, como más tarde aseguró Mom, famoso médico de la piel al que consultamos por un brote de acné juvenil, cada vez iba a tener más pelo en la cara y menos en la cabeza. Así que las cosas pintaban muy mal para mí, aunque, a decir verdad, eso del pelo en la cara no me preocupaba demasiado: en aquel entonces el futuro era algo tan inconcebible, tan lejano e improbable, como las fantasías secretas tejidas en los minutos preciosos que precedían al sueño.

Ah. Si uno se despertara una mañana y tuviera ojos azules. Si uno se despertara una mañana, tuviera ojos azules y sus padres no estuvieran separados. Si tuviera un hermano varón en lugar de una hermana mujer tan rara. Si la madre de uno fuera como la de Capristo, una señora que siempre contribuía con la cooperadora, que todos los días mandaba a su hija a la escuela con un pebete de jamón cocido y con el sobrecuello del delantal bien almidonado. Si ella fuera una niña aseada de las que tenían pañuelitos bordados, encoloniados, figuritas abrillantadas, paño lenci, Simulcop y lápices de colores Faber-Castell. Ella, en cambio, cajita de seis lápices Conté Industria Argentina, bien ásperos, a los que indefectiblemente se les rompía la punta y entonces los rayos de sol que bañaban la casita de Tucumán perdían su tersura, se incrustaban contra el papel del cuaderno de una manera lamentable de la que ninguna maestra, y menos aún ningún prócer, podrían sentirse orgullosos. Y ni hablar de pañuelos. Ella se sonaba la nariz oculta en el último banco de la última fila con el ruedo del delantal, lo que la degradaba hasta al ínfimo escalón que ocupaba su compañera Aronson, que ni siquiera se los sonaba y siempre se estaba sorbiendo unos mocos verdes y espesos. Todas esas posesiones podrían pertenecer a la otra, a la beba cambiada, la que había sido capaz de despertar los sentimientos tiernos de su madre en la nursery, porque era de verdad su hija y no esta, perteneciente a la otra rama de la familia, donde, malón tras malón, los indios habían aportado su buena dosis de color verde a la ya aceitunada piel mora de abuelas y abuelos, de tías y tíos, personajes que también habían heredado otras costumbres aborígenes, como su propensión a tener granos, su mal gusto para elegir vestidos las mujeres y corbatas los varones, o su forma de masticar murmurando, gracia que ella imitaba tan bien que incluso Lina terminaba riéndose a carcajadas, hasta que una tos violenta le cerraba la garganta.

Me puse la robe, una robe bleue de satén que me había comprado para el sanatorio. Me levanté de la cama, con la sensación de venir de la guerra, el cuerpo maltrecho, arrasado, y caminé por el pasillo hasta la nursery. Me paré frente al ventanal. No había nadie y las cortinas estaban abiertas. En ese silencio, bajo esa luz tamizada, como de iglesia, imaginé que aquel momento había sido especialmente preparado para mí. Miré cuna por cuna, todos fetitos retorciéndose entre sus sábanas, algunos dormidos, otros tan congestionados que parecía que iban a estallar, sentí una profunda repulsión, pero mis ojos siguieron la hilera de cunas y fueron a caer sobre una de ellas, una cuna con un gran moño rosa y adentro, mi hija, todo mi ser me lo dijo, esa bebé rosada y perfecta era distinta, tenía el don de la belleza, se veía en la serenidad de los rasgos, en la piel blanca, en la pelusa rubia que cubría su cabeza redonda. Entonces sentí la primera dicha de la maternidad. Yo había hecho aquel ser. Valía la pena que el cuerpo del amor se hubiera estirado, deformado, que la cintura se hubiera borrado, que una pereza animal se hubiera instalado en ese cuerpo, dedicado tantos meses a procrear, a tejer otros tejidos, si el resultado era algo tan exquisito. Y así, bañada en esa convicción y en esa dulzura, volví al cuarto y una enfermera entró y me dijo "ya se la traigo". Y yo me peiné y me perfumé, me preparé como una novia para recibir a aquella criatura.

Entonces te trajeron a vos. Que no eras aquella beba. Eras otra. Eras la beba cambiada. Tenías pelos hasta en las orejas, la cabeza alargada como una berenjena. Y desde ya, no eras Blancanieves. Lloré todo el día.

Muchos años después, un día cualquiera, en un bar del centro, Lina descubre a Capristo en una mesa en diagonal a la que ocupa junto con Adriana y Graciela. Pese al tiempo transcurrido, Lina la reconoce sin ningún esfuerzo y se la señala a sus amigas. El mismo pelo rubio amarillento, la misma nariz respingada, los mismos ojos azules. ¿Los mismos? Mírala bien, dice Adriana, la bienamada de la maestra y de su mamá, una gordita de barrio, bien munida de botas de goma para la lluvia, porque su mamá, la que le planchaba con doble almidón el sobrecuello del delantal, le enseñó cómo estar preparada para los avatares del mal tiempo —la lluvia, la humedad, el catarro— pero no cómo salvarse de esa irredimible cara de idiota. Ya lo dijo Simone de Beauvoir, confirma Graciela, a partir de cierta edad uno es responsable de su propia cara. Así que pensá qué vas a hacer ahora, porque tu historia de Cenicienta, la magnífica, se acabó.

Sus amigas tienen razón. No hay más que comprobarlo en la vacuidad de esos ojos azules. Ojos que la miran ahora interesados, mirá la negrita, la zaparrastrosa, la que se sentaba en uno de los bancos del fondo, la que venía apenas uno o dos peldaños por encima de Aronson, siempre enferma de sinusitis y, sin discusión, el último eslabón de la escala zoológica de cuarto grado "B". Lina puede ver cómo Capristo la espía, mientras ellas toman su café, con una mirada esquiva, cuidadosamente paralela a la de Lina, recomponiendo el constante juego de las perspectivas, los malentendidos desgarradores de la infancia, sus juicios inapelables, la lenta y dolorosa conquista de la identidad.

Tomás se ha detenido frente a lo que allá podría ser un drugstore y acá toma el nombre de maxiquiosco. Ha visto ya varios en sus largas caminatas. (También ha visto esa misma mañana, en una calle de Palermo, surgir inesperadamente un almacén anacrónico. Estantes desguarnecidos adornados con papel crepé, latas fantasmales de duraznos en almíbar, frascos de pickles, botellas de Hesperidina perdidas en la altura. Sin embargo, el hombre detrás del mostrador era joven, apenas un poco pálido, y lo había mirado a su vez con curiosidad. Algo había visto en Tomás que lo desorientaba. Él, en cambio, estaba claro, era el último descendiente del almacenero de barrio, su libreta negra, su papel de estraza.)

Ahora ya no existe el almacén de barrio. Existe el maxiquiosco.

Tomás también ha visto aparecer, en el menú de un restaurante, otra categoría de bife: el mini-bife de chorizo. Ha descubierto en un supermercado el mini-changuito para los jubilados. Algo ha sucedido con los tamaños. Algunas cosas parecen haberse agrandado, otras parecen haberse achicado, la realidad se ha ido distorsionando en un juego de falsas dimensiones. Si uno lo llama mini-bife, ¿el bife deja de ser pequeño?

Si uno compra en el maxiquiosco ¿su compra se vuelve importante? ¿Las tetas más grandes de las mujeres entrarán en esta redistribución de los tamaños y los espacios? "Erección asegurada", ha leído también en el diario. "La felicidad en 5 minutos", en un papelito pegado en los pasillos del subte, con la cara barbada y minúscula de un gurú. Qué es lo que está sucediendo. "Uñas esculpidas." Tanto esfuerzo volcado a la miniatura. ¿La Argentina no es ya la espaciosa pampa, la extensión infinita donde los pastos, si conversaran, se dirían cosas extraordinarias? ¿Esa llanura que su padre amaba, que lo deslumbraba cada vez que iban al campo, a Entre Ríos? "Tomás", decía su padre, "esto es como estar parado sobre la superficie del planeta, sobre el globo terráqueo, en qué otro lugar del mundo podrías ver tanto horizonte, esa tropilla de caballos corriendo hacia el río, esos gauchos entrerrianos de bombachas y sombrero, aquí es posible pensar en Dios", decía, y Tomás veía aparecer en su cara una sonrisa límpida, de chico, una sonrisa que lo dejaba inerme, libre de la tensión que parecía atarlo siempre al peso de una historia.

En la calle Florida las grandes tiendas ya no existen. Existen los shoppings. Y también pasillos mezquinos donde se venden videos y revistas porno. Locales repletos de baratijas taiwanesas, todo a un peso con noventa y nueve. Carteles que anuncian peleterías, bajo los que aparecen sorpresivamente casas de electrónica, de fotocopias o de comidas para llevar. A la distorsión de los tamaños se agrega esta anarquía, el cambio acelerado de rubros y los carteles que parecen no haber reaccionado con la suficiente rapidez.

Sin embargo, la tradición nacional se revela intacta, congelada en la gauchesca, en las casas que venden souvenirs para el turista. Tomás entra a una de ellas.

Se para frente al mostrador junto a un americano de piel rosada y cejas casi blancas de tan rubias. La vendedora le está mostrando un mate de plata labrada, le explica cómo se toma el mate, en rueda, una costumbre amigable, *friendly*, le dice. El americano la escucha interesado, pregunta si todos tienen su "bombillo", no, corrige la vendedora, "bombilla", es una sola y se va pasando así, de boca en boca. El americano frunce los labios pálidos, esa bombilla chupada en rueda, los gérmenes circulando impunemente parecen preocuparlo. Como una pipa de la paz, al fin y al cabo, dice la vendedora con un levísimo tono de desquite. Tomás se retira hacia una vitrina. Hay ejemplares del *Martín Fierro* encuadernados en cuero, hay huacos de distintos tamaños, mantas del norte, cuchillos en fundas repujadas, una serie de caricaturas de gauchos de Molina Campos. Fuera de la vitrina, sobre una silla, hay una guitarra y junto a ella, en el suelo, un bombo. Un bombo legüero, piensa Tomás. Nunca supo con certeza qué significaba "legüero", tal vez, piensa ahora, un bombo cuyo sonido pudiera escucharse a muchas leguas de distancia. *Junto a un bombo legüero,* canta mentalmente, y trata de recordar cómo seguía aquella zamba. Un momento, ¿legüero no rimaba después con sendero? *Y en el sendero…* No, "sendero", no. La palabra era "apero". ¿O "arpero"? Eso era: arpero …*y un viejo arpero,* decía la letra. Tomás se esfuerza por recuperar algunos versos. Pero en lugar de palabras, es una imagen la que llega a su memoria. La mirada entristecida de Slesinska, su profesor de acordeón, cuando él decidió suspender las clases. Pasarse del acordeón, que se había vuelto inconfesable, a la guitarra. Tendría quince años cuando dejó el acordeón en el ropero y adoptó la guitarra y las peñas folclóricas. (Adoptó también los mocasines con flecos, una forma despreocupada de arrastrarlos. Adoptó la gomina. El pantalón gris y el saco

azul. Adoptó a Cristina y a los Chalchaleros. Pero no adoptó la chalina doblada en dos sobre el hombro. Tampoco la
cruz de la Acción Católica.) Y ahora, él, el ex gaucho Tomás,
está por elegir un poncho para su gringa. ¿Por qué le tiene
que llevar un poncho a Lilian? Siente una oleada de rebeldía.
Pero ya la vendedora le está extendiendo un *very typical* poncho salteño y él, como un autómata, como el gordo yanqui
que acaba de llevarse el mate labrado, una taba-cenicero y un
gaucho de jade verde, como él, sonríe estúpidamente y saca
de la billetera su tarjeta American Express. Imagina a Lilian
dentro de ese poncho y se siente avergonzado. ¿Qué sucede
con el cuerpo de Lilian debajo de ese poncho? ¿Qué le sucede a él con el cuerpo de Lilian debajo de ese poncho? Súbitamente, Tomás recuerda una estrofa completa de aquella
zamba que alguna vez cantó con ardor. *Un violín gemidor,
junto un bombo legüero. Y un viejo arpero,* decía, *nostalgias me
traen de ande soy.* Después venía el estribillo, su declaración
rotunda: *Andaré y andaré, donde quiera que sea iré, pero a mi
pago tan sólo muriendo olvidaré.*

Son más de las siete de la tarde cuando Lina llega a la casa de la calle Juncal a buscar una almohada para su madre.

"Tengo que operar, le dije a la enfermera, tengo que operar la almohada para ablandarla ¿entiende? Pero no hubo caso, no quiso traerme un bisturí la mujer. Así que te ruego que me traigas mi almohada. No puedo dormir con este ladrillo. Vos que sos publicitaria, chica, a ver si me explicás por qué fabrican estas almohadas de cemento." Lina había explicado: las almohadas de pluma dan alergia, el duvet es muy caro, y, como todo se degrada, la gomapluma ha ascendido de categoría, hay almohadas con curva de deflección controlada, con celdillas de amortiguación, con masajeador perimetral de cervicales. Ella no ha sido responsable de semejantes argumentos, pero los ha leído diariamente en el subte. Ha leído con curiosidad malsana hasta la letra más liliputiense del afiche. Nunca termina de asombrarse de que pueda llegarse tan lejos en la descripción seudocientífica de algunos productos, en este caso un simple pedazo de gomapluma.

El portero la recibe con una sonrisa suave de satisfacción, se diría de gomapluma. No anda el ascensor, dice, no hay luz.

Lina se mantiene imperturbable, ni ahh, ni uuh, ni nada,

no piensa darle el gusto. Se aleja con paso elástico y sube los primeros peldaños a los saltos, para eso estudió tantos años danza contemporánea.

Pero en cuanto desaparece de la vista del portero, se deja ganar por el agobio. Sube lentamente, cada vez más lentamente. La congoja que convive con ella en los últimos tiempos (¿años, décadas?) se expande dentro de su pecho como una medusa. En el descanso del quinto piso se detiene. Se sienta en la escalera. Con cierta aprensión mira hacia atrás: quien la ataca por la espalda resulta ser la frase número mil quinientos no sé cuántos de su madre: Cuidado con el hombre, dice la voz. ¡Cuidado!

El hombre vive al acecho, tiende sus redes en los huecos de la escalera y algún día vendrá, cuando ellas no estén prevenidas, en que el hombre —que por ahora sólo ha suspendido su ataque— termine de acometer lo que comenzó treinta años atrás. Este instante precisamente, en que Lina resopla sentada en el descanso del quinto piso, alumbrada apenas por la luz titilante de una vela que llega desde el piso superior, este sería, quién lo duda, el momento ideal. El hombre, si es un poco inteligente, debería aprovechar ahora y completar la acción que inició aquel sábado por la mañana cuando Lina dormía con la impune manera de dormir de los adolescentes sobre su cama con elástico de madera, una cama moderna que su madre había comprado en Six, gracias a algún inesperado golpe de prosperidad, junto con una mesa curva de mármol y un sofá gris de pana. Lina escuchó entre sueños el timbre. Se levantó semidormida y fue hasta la cocina, apretó el botón del portero eléctrico y dejó entreabierta la puerta de servicio —sabía que era Elena, la señora de la limpieza—, después volvió con el mismo paso zigzagueante hasta su cuarto y se zambulló sobre la cama baja. Después, pero mucho después, oyó unos gritos ahogados y un portazo. El resto lo supo por el relato horrorizado de la madre. Se había despertado y había entrado –puro instinto materno– hasta el cuarto de Lina. Y allí, junto a la cama de su hija: el hombre. Un hombre alto, fornido y muy oscuro. (A medida que la madre repita el relato, a través de los años, el hombre será más alto y oscuro. Y se inclinará hacia la cama de Lina también con intenciones cada vez más oscuras.) Entonces ella le gritó qué hace usted acá y le dio un tremendo empujón; el hombre retrocedió espantado y ella aprovechó la sorpresa del tipo para seguir empujándolo hacia la cocina.

–¿Y el hombre qué hacía? –preguntó Lina–. Si hubiera tenido tan malas intenciones, no se habría dejado expulsar tan fácilmente.

–El tipo decía cosas, balbuceaba, qué sé yo qué decía –contestó la madre–, pero sobre el final, cuando ya el triunfo de ella era seguro, el hombre había reaccionado, se había recuperado, había metido el pie en la puerta, un pie enorme, para que ella no pudiera cerrarla, y ella en un arrebato de furia le había pateado el tobillo y había conseguido, mediante esa módica violencia, hacer retroceder la puntera del zapato del hombre y cerrar la puerta de un golpazo. En ese punto, sobre el final de la batalla, la había encontrado Lina, derrumbada contra la puerta de la cocina, desencajada, y con unas ojeras de rímel como para meterle miedo a cualquiera.

Desde entonces, cada vez que Lina salía, el "cuidado con el hombre" era de rigor. Pasaban los años y el Hombre, como una momia, seguía esperando su oportunidad, agazapado en la escalera.

Su madre había confirmado una vez más quién era el enemigo número uno. Aunque tampoco era fácil alcanzar esa categoría. Los hombres, casi todos ellos, eran tan insignicantes, tan obvios, tan aburridos. Tomemos, sin ir más lejos, los novios de Lina.

Lina debía tener apenas once años cuando conoció a Alex, el hijo de unos amigos ricos de sus padres. Era muy pálido y tenía unos ojos oscuros que siempre parecían un poco entrecerrados. Cada vez que iban de visita a su casa, Lina lo veía aparecer desde lo alto de una escalera imponente, como un divo, y se le aflojaban las rodillas.
Ese chico, decía la madre, tiene la palidez decimonónica. A Lina esto le sonaba tremendo, como si hubiera dicho tiene la sífilis o la viruela boba.

Bruno vivía en Quilmes y eso ya estaba mal. Pero, además, le traspiraban las manos y una vez le había salido un golondrino en la espalda. Te llamó el golondrino, anunciaba la madre.

Gregorio tenía un apellido polaco con demasiadas consonantes, impronunciable. ¿Chica, no podés salir con un apellido más normal?

A Sergio, al que Lina admiraba por su brillantez intelectual, la madre había decidido ignorarlo. Cuando el grupo estaba en su casa, la madre saludaba a todos, uno por uno, y cuando pasaba frente a él lo salteaba olímpicamente. Ese chico me revienta, decía como toda explicación.

De Leonardo, Lina estuvo enamorada casi un mes. Cuando la madre lo conoció dijo que era demasiado solemne. Parece un Director de orquesta, dijo. Fin de la función.

Cuando la madre no opinaba, las cosas seguían más o menos igual, Lina ya se había hecho experta en precipitar al abismo en segundos al más pintado.

Hernán era alto, rubio y buen mozo. De lejos. Si uno lo miraba más de cerca se veía que tenía la piel arruinada por el acné y, en lugar de oler a Aqua Velva o Old Spice que eran los perfumes matadores de entonces, se le sentía un olor áspero a jabón medicinal.

Alberto bailaba el dos y uno extraordinariamente bien. Pegaba la vueltita de la manera más canchera que Lina había visto en su vida. Uno podía enamorarse tranquilamente de Alberto. Pero apenas terminaba el disco, era tan feo. Un mono. Había que seguir bailando con él o verlo bailar con otra para volver a quererlo.

Gastón era simpático, "tenía tema", como decían las chicas, y unos ojos azules fáciles de recordar. De tan enamorada que estaba, Lina lloraba todos los días pensando en él. Pero un día Gastón se sonó mal y le quedó un moco pegado en la punta de la nariz. Lina bailó con él dos discos seguidos sin poder sacarle los ojos de encima. Al moco. Después no quiso verlo nunca más. A él.

Amores intensos y fugacísimos de la adolescencia. Espejismos.

(Lina los sabía crear —y los hacía desvanecer— más rápido que nadie. Era una artista de los amores a distancia. De las fantasías y los suspiros ilimitados. Pero, sobre todo, de la precisa técnica de aplicar el codo a cualquiera que intentara bai-

lar dos centímetros más cerca de lo establecido. Intento ante
el cual había que ser terminante. Tan terminante, como para
producir el milagro de hacer tambalear la condena irrevocable
que ya había caído sobre Valeria.)

"Valeria se deja, Valeria se deja." Lina va tomada fuertemente de la mano de María, la correntina que trabaja en su
casa, y cuando pasa frente al quiosco del florista, trata de no
mirarlo, pero igual sabe que él está moviendo los labios y que
el movimiento de sus labios forma esas palabras: "Valeria se
deja". A veces el florista no está solo, a veces está con algún
otro pibe amigo, entonces se codean y repiten a coro las mismas palabras. A Lina le parece casi escuchar su música, con las
eee muy alargadas –Valeeeria, se deeeja– como arrastrando su
vergüenza.

Valeria no le ha dicho ni una palabra. Tampoco Lina se
lo ha preguntado. Pero sabe que su hermana estuvo allí, dentro del cuartito que el florista tiene en el mercado, donde corta los tallos de las rosas, guarda las regaderas y las herramien-
tas, embolsa las flores podridas. Allí Valeria entra una mañana
y se queda paralizada, deja que las manos del florista avancen
por su cuerpo. Cuidado con el hombre, grita Lina (desde varios años después), pero Valeria no puede, no podría oírla,
porque las rodillas se le aflojan y se le abre la boca, se deja llevar por el abandono creciente del cuerpo y tampoco oye la voz
estridente de María que la busca por todo el mercado. Segui-
ría girando Valeria en aquel dulcísimo vértigo sin importarle
ninguna voz, si no fuera que el propio sobresalto del muchacho le hace detener sus manos húmedas, su jadeo. Entonces
ella vuelve como de un trance y ve a María que entra al cuartito como una tromba y la arranca de la mesa, la empuja hacia afuera y a los empujones la lleva por la calle, mejor que ni

abra la boca, la Valeria, miren la mocosa, dejándose atropellar
por cualquiera, como la más roñosa de las correntinas. Lina va
detrás casi corriendo, olvidada.

No tuvo cuidado con el hombre, Valeria. Fue inútil advertirle como inútil fue, algunos años después, en aquella fiesta de
quince, ir prendiendo las luces de cada cuarto, luces que se han
apagado entre risas porque las parejas quieren bailar bien apretadas. Pero Lina, que debe cuidar del hombre, y es más chica
y está sola, va detrás encendiéndolas, y oye a su paso che qué
arruinadora, salí monja, por una vez que los padres no están,
por qué no dejás la luz apagada pibita, pero ella se acuerda
siempre, acordáte siempre ha dicho la madre, como yo soy divorciada ustedes se tienen que cuidar más que ninguna y alrededor todos confirman esta verdad, no me junto con vos porque tu mamá es divorciada, a tu casa no me dan permiso,
divorciada y colifa es igual, y además –y este es el argumento
definitivo–, nunca vas a poder entrar a un colegio de monjas
porque tu madre vive en pecado. Vive en pecado. Condenación por toda la eternidad. Pero lo de Lina no ha sido pecado,
sólo la mano. Ojo, dice la madre, porque te vieron por la calle
con ese noviecito y claro, como yo soy divorciada se creen que,
y después dicen que, así que cuidado, chica, porque ellos –Lina se cansa también de escucharlo en las conversaciones de su
madre con sus amigas– ellos son los primeros en condenarte,
ellos te largan dura, las largan duras y sin un mango, quedan
desamparadas, solas, con montones de hijos, Lina las imagina,
a las amigas de su madre, en el medio de una avenida esquivando autos que pasan a toda velocidad, nadie las lleva de la
mano, nadie las cruza, las han soltado, con sus hijos a cuestas,
como anclas, como piedras, para que se terminen de hundir en
el asfalto, por eso hay que reventarlos primero, antes de que te
revienten ellos a vos, así que hay que decidirse por uno de los

dos bandos, decidíte, y mientras Valeria se decide, Lina ha conseguido una copia de la llave del cuarto de su madre y ha podido comprobar, a las ocho menos diez de la mañana, antes de irse al colegio, que detrás de la puerta cerrada con llave no está su madre durmiendo con los tapones hundidos en los oídos y la cara encremada, en el cuarto de su madre está el olor de su madre, pero no su madre, está la persiana baja, como si alguien durmiera allí, pero la cama está sin deshacer y no hay nadie, porque esa noche su madre no ha vuelto a dormir. Cuidado con el hombre mamá, le dice Lina, cuidado. Pero tampoco su madre la escucha porque está justamente en plena batalla con el enemigo, así que Lina debe seguir con el dedo acusador levantando los interruptores de la luz, arruinadora, policía, hasta que llega al cuarto donde está Valeria con Alejandro, y la encuentra allí, otra vez dejándose, con la pollera levantada por encima de la cintura, y él que dice uy tu hermana y se acomoda con torpeza la camisa salida de los pantalones. Otra vez ha sido inútil porque Valeria no se sabe cuidar aunque tiene tres años más que Lina y así son los hombres, lo dice también María, te piden la prueba de amor y después te dejan, te dejan con el regalito, el regalito que después te tenés que quitar, como se tuvo que quitar esa vez Valeria y muchas otras veces en viajes misteriosos a Floresta y a Castelar y otra, la última, ya ni se acuerda Lina a qué barrio suburbano, porque lo importante aquella vez es que el regalito es enorme y hay una atmósfera opresiva de miedo y misterio en su casa que se teje en conversaciones apagadas, miradas, corridas, portazos y teléfonos sonando a horas insólitas, hasta que Valeria vuelve, varios días después, pálida y llorosa y entonces es el fin.

Valeria ya no estará más con ellas, Valeria pasa al territorio enemigo, definitivamente, vivirá con su padre y con la madre de su padre.

Lina se desprende de sus recuerdos. Toma un último impulso y sube de un tirón hasta el décimo. Buscar la papeleta azul, con una vela, es un disparate. Sólo debe encargarse de la almohada y dejarles comida a las gatas. Abre la puerta y se asoma a la oscuridad. Una amenazadora y familiar oscuridad. ¿Por qué no se va corriendo de allí? ¿Por qué no es –aunque sea por una sola vez– deliciosamente irresponsable? ¿Por qué no sigue sus impulsos más profundos? No, la mula siempre es más fuerte que ella. Lina respira hondo y se zambulle en la boca del lobo, la cera de la vela que le ha dado el portero se le chorrea sobre los dedos, Lina aguanta, aguanta Lina, y en el tiempo récord de diez segundos abre el paquete de nalga, echa la carne sobre el plato de las gatas, corre hasta el cuarto de su madre, saca de un tirón la almohada, tropieza con la estantería baja de los libros y sale corriendo del departamento, jadeando, con el corazón como un bombo. Ha sido una experiencia aterradora. Una más.

La otra tarde, cuando llegó a casa a buscarla, la chica no estaba, tuvo que quedarse a solas conmigo. Estaba tan incómodo. Me senté enfrente de él, con El nacimiento de Venus *detrás de mí. Por lo menos sabía quién era Botticelli, pero no qué era lo que más lo atraía de esa mujer. Con tu inteligencia tendrías que saberlo, le dije. La chica dice que sos el más brillante de sus amigos. A ver. ¿Las caderas?, ¿las piernas?, ¿la cara angelical? ¿O tal vez los pies? Entonces me descalcé y le mostré un pie. No es perfecto mi pie, pero es casi perfecto, le dije. Le hice notar la redondez del empeine, la finura del tobillo. Le pregunté si veía la diferencia con el de Botticelli. No supo qué contestar. No pudo casi mirarme, el "brillante". Como en una mano, el segundo dedo es más largo que el pulgar, esa es la diferencia, le dije, la divina proporción. Voilà.*

Es sábado a la mañana, el día en que el camión de la mudadora puede estacionar sobre la calle Canning.

Parado en el centro del living, Tomás espera.

Todavía flota, en el aire apagado del lugar, algo de aquel olor de su infancia. Un olor que le despierta una mezcla de placer y espanto. Querría sacudírselo de encima violentamente, y también, por momentos, entregarse a él, dejarse envolver sin resistencia.

Mira a sus pies la alfombra raída, piensa que el olor singular de su infancia debía provenir, en gran medida, de la lana de aquella alfombra. Recuerda cuando la colocaron, la moquette de color beige claro, como un desafío, una muestra de prosperidad. Durante días y días toda la familia estuvo arrastrando pelusas, se reían, llevaban su nueva alfombra a todas partes, las pelusas se pegaban a la ropa, a los zapatos. Hasta que el tejido se estabilizara, había dicho el padre. Puede recordar, más adelante, las huellas de gris de humo que el padre traía de la fábrica, la cara afligida de la madre, el movimiento furtivo del padre sacándose los zapatos.

Pero por encima de aquel olor de infancia está el olor de las cosas abandonadas. Humedad, polvo, madera.

No hay cuadros ni almohadones, no hay adornos ni cortinas. De todo eso se ha ocupado Thula, hace ya varios años. Sólo han quedado estos muebles más pesados, esperando que Tomás decidiera el paso final, la venta del departamento de la calle Canning. Tomás los mira uno por uno. (Es revelador el efecto de la ausencia sobre los muebles. Pueden volverse intolerables. O enteramente inocentes.) El aparador con su alzada y su espejo. La mesa extensible con sus seis patas torneadas. El sofá curvo de pana contra una pared. Dos sillones. El piano de cola. Allí están, todavía en su posición original, demarcando el espacio, haciéndolo reconocible. Viejas osamentas haciéndole señales, aquí se comía, aquí tu madre tejía, aquí te mirabas en el espejo hasta desconocerte. Tomás abre un cajón del aparador, siente el impulso de hundir allí la cabeza, de apoyar la cara sobre el fondo vacío. Pero en cambio desliza una mano sobre la superficie lisa de la madera y encuentra, en el fondo, hundido en un intersticio, un alfiler. No está torcido ni oxidado. Es un alfiler de acero alemán, sangre y honor, fabricado para pinchar con exactitud donde haya que pinchar.

Los hombres de la mudadora ya han instalado sus cuerdas y sus aparejos. Tomás mira cómo retiran en instantes la alzada del aparador, descubren una mancha más clara contra la pared, y atan después el enorme mueble para sacarlo por el balcón. Antes de que terminen la maniobra, Tomás entrega las llaves y deja el departamento, baja los cinco pisos por la escalera y llega a la calle. Desde allí podrá ver aquellas moles balancearse en el aire, aquellos muebles que para él eran tan inamovibles como secuoias, como anclas, y resulta, al cabo de los años, que eran capaces de zambullirse en el aire, como trapecistas hábiles, muebles al fin, capaces de ponerse patas arriba sin pudor, de trasladarse por el aire colgando de una soga, para cambiar de casa, de barrio, de ciudad.

Tomás se va alejando hacia la esquina. A mitad de camino se detiene y levanta los ojos hacia el quinto piso, ve ahora el sofá curvo suspendido, su infancia zarandeándose contra el cielo, y después descendiendo lentamente hasta aterrizar en la vereda con un golpe seco.

Llega por fin a la esquina y mientras cruza la avenida pincha en su solapa el alfiler que, sin saberlo, llevaba todavía en la mano.

Por la mañana, un golpe breve en la puerta lo reclama.

El conserje le entrega un manojo de llaves y un paquete que le envía la mudadora. Es una caja en cuya tapa pueden leerse las letras de trazo firme de su padre: "Thomas Albrecht, personal". Tomás la deposita sobre la única mesa del cuarto, precisamente junto a la pequeña caja de Graciela que todavía no ha hecho llegar a Lina Casté. Le produce extrañeza este paralelismo. Dos cajas de distintos tamaños, igualmente vinculadas al pasado. Y, al parecer, a su vida.

Estás en la Argentina. En la Argentina, desde hace más de veinte años, le había gritado Tomás, borrando la sonrisa que el padre traía, con las manos llenas de paquetes, sus tesoros extraídos de los barcos alemanes adonde iba una vez por mes, sistemáticamente, a proveerse, a realimentar su sueño.

Él le había arrebatado con rabia los paquetes de chocolates con avellanas enteras como sus amigos argentinos no habían visto ni probado jamás, pastillas de jabón, licores, cigarrillos, todo de fabricación alemana o suiza o austríaca, creando la isla, la ilusión, una Europa de juguete dentro del departamento de la calle Canning, una Alemania democrática y civilizada, con la música de Kurt Weil sonando en los oídos, los jabones de lavanda inglesa acariciándole las mejillas –el perfume que él recordaba de su madre– el aroma del borsch despertándole siempre una ligera repugnancia, el rompecabezas completo si no fuera por ese hijo que se tapaba los oídos para no escucharlos hablar en aquel otro idioma, que se empeñaba en ser argentino, tan excesivamente argentino como para hacerse un día peronista.

Porque este es un país de niños felices, tal como se lo muestra la tapa de su libro de primer grado. Chicos rodeados de conejos, corriendo por las plazas o saltando sobre un tobogán. Todos pueden ser felices. Incluso los viejos, a los que el libro llama ancianos.

Tomás lee pronunciando con exagerada corrección cada palabra, no quiere él que sus sílabas se contagien de esos cortes abruptos, esas jotas hirientes, esas úes aflautadas que aparecen constantemente en el español de sus padres, como una erupción vergonzosa; él lee con una corrección solemne, cómica, no sólo sus libros, todos los carteles que ve aparecer en las calle: pe-lu-que-rí-a, car-to-ne-rí-a, me-na-je. Así le lee a su padre "Vejez Tranquila", donde hay un Don José que ya no puede trabajar pero vive en un hogar para ancianos, muy bien cuidado allí, donde se recuerda con cariño a la señora Eva Perón. Nada traiciona en la cara de su padre el disgusto, nada, pero que pase a la siguiente lectura le pide, por favor la siguiente…

Picaflor que pica, pica
y elige la flor más rica
para sacarle su miel.

Karl detesta aquel libro de lectura pero lo escucha a Tomás con una discreción perfecta. Hace mucho que ha aprendido a contenerse, a disimular, se ha escapado de Alemania pero debe soportar ahora un gobierno demagogo, una caricatura diluida y en compás de tango del nacionalismo nazi, él ha debido comprender, adaptarse a veces hasta un límite equívoco. ¿Acaso fue vergüenza haber bautizado a Tomás, haber confundido las huellas de su origen? ¿O simple sensatez? Karl ha aceptado su historia, sus posibles culpas, y ha tolerado con una cortesía tan fina el aguijón del peronismo, que cuando aquel 16 de septiembre de 1955, sentados en la sala de la calle Canning, con la radio ametrallando las últimas noticias, cuando por fin el locutor dice que ha caído, el padre lo suelta, suelta como un estallido aquello que sorprende a Tomás, amasado durante largos años, "por fin cayó este hijo de puta, por fin", y la madre, que sostenía tensa la lana entre los dedos, ha dejado escapar varios puntos y mira al padre con angustia, sabiendo que las palabras son peligrosas, pueden encender la mecha del miedo y la disolución, nunca se sabe, la esperanza más módica puede hacerse cenizas en instantes, peor todavía, puede volverse ella misma el arma que te está destinada.

A fin de año, cuando Tomás guarda sus cuadernos y sus útiles, ya no encuentra *Niños Felices,* su libro de primero superior. Volverá a encontrarlo cuarenta años más tarde, cuando reciba en un hotel de la calle Schiaffino una caja con fotos y recuerdos. Allí estará su viejo libro, expurgado, con gorriones en el patio y picaflores y Tití, el mono aviador, pero no ya el vapor Eva Perón, el Vapor ha zarpado de aquel libro, y del mismo modo ha terminado la Vejez Tranquila de Don José y se ha quedado sin respuesta la adivinanza "¿Quién creó el justicialismo para la felicidad de un pueblo que tiene ahora trabajo, alegría y paz?". Todo fue eliminado, no arrancado con

furia —no era ese el estilo de Karl— sino prolijamente recorta-
do para que sobrevivieran intactos los gorriones y los picaflores, para preservar la felicidad del niño Tomás.

—¿Pero ninguno quería casarse con ella? —pregunta Laura.

—Muchos querían —dice Lina—. Los "ini" querían casi todos. Pero ella prefería a los que no querían casarse. Como el Jugador. O el Estanciero.

El Jugador aparece después del Barón y antes del advenimiento de los "ini". Su madre lo ha conocido en una mesa de póquer hace algunos meses y desde entonces atiende el teléfono con voz de terciopelo. Es difícil entender las palabras que dice, porque habla en voz muy baja, con la boca pegada al teléfono, o se encierra con llave en el cuarto para hablar tranquila. Pero si Lina apoya el oído contra la puerta, oye una sucesión de modulaciones que suben y bajan y se detienen y hacen arroyuelos de "ahhh" y "hmmmm" y estallan cada tanto en una carcajada breve como el acorde de unos platillos.

En esos días, aprovechando que Valeria ha ido a pasar una temporada con su abuela, la madre decide viajar a Mar del Plata. Nos vamos este fin de semana, dice. Lo anuncia en forma terminante, pero con una voz tocada por aquella gracia que Lina ya ha aprendido a reconocer.

Le parece increíble, a Lina, viajar a Mar del Plata en aquella época del año, sola con su madre. Es apenas el comienzo de la primavera y el aire todavía no ha empezado a entibiarse. Sin embargo, Lina piensa que algún milagro puede suceder. Un milagro que renueve para ella los días del verano. Porque Mar del Plata es el espléndido mar y ella adentro, revolcándose en las olas, remontándolas y dejándose arrastrar por la corriente hasta que los dedos le quedan arrugados y los labios violetas. La madre elige con mucho cuidado su ropa y no advierte que Lina pone, entre los suéters y los pantalones de invierno, una malla, su malla rosa de globitos un poco descolorida por el verano anterior. Pone también su colección de *La Pequeña Lulú*, *Vidas de santos* y *Niños Felices*, su libro de primer grado superior.

Viajan en un tren plateado que se ha inaugurado hace poco tiempo. Es el más lujoso y veloz de los que existen hasta entonces y ellas van en Súper Pullman, sentadas sobre asientos de terciopelo bordó.

El hotel adonde se alojan está en pleno centro y también tiene cortinados de terciopelo en la recepción y en cada uno de los grandes salones de la Planta Baja. Les dan un cuarto espacioso con dos camas cameras separadas por una mesa de luz. Lina se siente una princesa, tarda en dormirse, quiere prolongar el placer de sentir la proximidad de su madre, su madre que lee bajo la luz dorada del velador, ajena a ella, pero sin embargo, tan cerca que podría extender la mano y tocarla. Lina se duerme profundamente, entregada a aquella felicidad.

A la mañana, cuando se despierta, salta de la cama, descorre las cortinas y descubre un sol pálido entre las nubes. Igual se pone la malla debajo de la ropa y apura a su madre para terminar el desayuno, salir del hotel y llegar hasta la playa.

Ya sobre la explanada siente un viento frío que, cerca del mar, se vuelve húmedo y penetrante.

Lina corre por la orilla contra el viento para entrar en calor y se moja incluso los pies, imagina que el agua no está tan fría como parece, es la primera impresión, piensa, pero al fin, después de un rato, tiene que reconocer que es imposible, totalmente imposible bañarse aquel día en el mar. Tal vez al día siguiente.

El día siguiente nunca llegará. A las cinco de la tarde la madre sale del hotel. Lina debe leer y dibujar hasta las ocho, hora en que ella le ha prometido que estará de vuelta, que volverá del Casino para llevarla a comer.

Tres horas es un tiempo muy largo. Lina abre su libro de Lectura y aprende de memoria *El Picaflor*.

Picaflor que pica, pica
y elige la flor más rica
para sacarle su miel.
¿Cuál prefiere? ¿Es el clavel?
¿La rosa? ¿La lila?
¿Busca la flor más bonita?

Lee toda su colección de *La Pequeña Lulú* y también la vida de San Francisco de Asís. Después dibuja una serie de gatos, todos iguales, uniendo círculos de distinto tamaño: uno mayor para el cuerpo, otro mediano que será la cabeza y dos más pequeños en la base, que serán las patas. Lo que más le gusta a Lina es hacerle los ojos y los bigotes. Sobre todo los bigotes, porque recién en ese momento, cuando termina de dibujar esos cuatro trazos largos y finos, ve aparecer ante sus ojos, milagrosamente, un gato sentado que la mira. Después dibuja trenes, larguísimos trenes con interminables vagones. No sabe en qué momento se queda dormida.

La despierta el timbre del teléfono.

–Lina –dice su madre con voz agitada–, tuve un problema, necesito que hagas lo que te digo. Juntá toda la ropa nuestra y ponéla en el bolso. No importa que no esté perfectamente doblada. Necesito que te apures. Mirá bien debajo de las camas. En el cajón de la mesa de luz. Recogé todo, los tapones de los oídos, mis pastillas para dormir. Y después, escucháme bien, bajás con el bolso por el ascensor de servicio. Esto es importante, chica, no por la recepción principal, por el ascensor de atrás, por donde sube y baja el botones. El bolso no es muy pesado. Vos sola vas a poder. Pasás derechito por detrás de la recepción, como si nada, salís a la izquierda y vas hasta la esquina, volvés a doblar a la izquierda y allí voy a estar yo, esperándote. ¿Entendiste Lina? Es importante que hagas exactamente lo que te dije. Ya te voy a explicar –la madre sofoca un sollozo–. Ah, y no te olvides de las cremas de la cara, por favor, mirá que son las de Lancôme.

Lina mira el reloj, son casi las doce de la noche y hace, paso a paso, todo lo que le pidió su madre.

En el viaje de vuelta ya no hay un tren plateado, sino un ómnibus ruidoso que hace frecuentes paradas en la ruta. Aunque Lina va durmiendo, el suyo no es un sueño tranquilo. Cada vez que el micro frena y se detiene, ella entreabre los ojos sobresaltada y puede ver, bajo el reflejo de las luces que llegan desde afuera, la cara de su madre, impávida como una máscara, cubierta por unos enormes anteojos negros adornados con piedritas de estrás.

Cuando por fin llegan a su casa, bien entrada la mañana, antes siquiera de sacarse el tapado, o de soltar la cartera, la madre se desmorona sobre la cama y empieza a llorar a gritos. Un vaso de agua, le pide, sacudida por los sollozos, un vaso de agua. Lina corre a la cocina, llena un vaso y se lo lleva. La madre abre con mano temblorosa su frasco de pastillas y empieza a tragarlas a puñados, echando la cabeza dramáticamente hacia atrás.

Lina está paralizada, como frente a una catástrofe natural. ¿Acaso uno puede evitar una tormenta, que la tierra tiemble o que se desmoronen los glaciares? Pero de pronto entiende, se abalanza sobre la madre y le saca el frasco de las manos. La madre grita, forcejean y las pastillas ruedan por el suelo. Las dos se tiran al piso, persiguen las bolitas rosas, gatean torpemente, en una especie de juego desenfrenado; al principio la madre gana, es la que más bolitas consigue recoger y meterse en la boca, pero de a poco sus movimientos se van haciendo más lentos, más torpes. Lina consigue sacarle ventaja, junta casi todas las pastillas que quedan en el suelo, corre hasta el baño y las tira por el inodoro. Cuando vuelve a entrar al cuarto, la madre está desarticulada, con la cara aplastada contra el piso.

Como un animal amaestrado, Lina levanta el tubo del teléfono, marca correctamente el número de sus abuelos y pide ayuda.

Después se queda inmóvil, mirando cómo un lento hilo de baba se descuelga por la boca abierta de su madre y va formando un arroyito sobre el parquet.

Pero aquella mujer en el suelo, ¿es su madre? Y ella misma, Lina, ¿es esa chica que está parada allí, con las rodillas flojas, con el pelo revuelto y la ropa arrugada? No, no lo es. Lina se ha ido de viaje. Está en alguna otra parte. Está en Mar del Plata. Sí, está en la playa. Hace mucho calor y el agua no parece fría. Lina es la de la malla a globitos de color rosa. La que se zambulle ahora bajo una ola. Es ella, lo juraría, porque cuando levanta la cabeza para respirar, puede sentir en la boca el gusto salado e inconfundible del mar.

Después del Jugador, vinieron "los ini". Fueron muchos. Una seguidilla que debe haber abarcado unos dos o tres años: Pasini, Venturini, Malenchini, Susini, y algún otro que Lina ya no recuerda. Apenas un ini terminaba su ciclo, aparecía otro, con una regularidad asombrosa. El que más les gustó, a Valeria y a Lina, fue Susini. Susini estaba separado y quería casarse "a toda costa", decía la madre. Tenía dos hijos varones, más o menos de la misma edad que ellas, y eso era extraordinario, porque si la madre se casaba con él podrían llegar a componer una familia de cuatro hermanos. Iban a parecer casi normales, si es que nadie preguntaba demasiado, y si, llegado el caso, alguien preguntaba, ellos, los cuatro, iban a formar una legión fuerte y poderosa, capaz de interceptar y desactivar las preguntas más malignas. Susini, además, tenía una mirada lo que se dice "humana", es decir, húmeda, como de quien es capaz de llorar, así le parecía entonces a Lina, ojos buenos. Ese era justamente el problema: Susini era bueno y esa fue su perdición. Pasaron pocos meses hasta que un día ellas oyeron a la madre decirle a una amiga: "es un pobre infeliz". A esa declaración le siguió una activa política para-hacer-infeliz que ella dominaba a la perfección. "Mamá, es Susini", decían Lina o

Valeria cada vez que atendían el teléfono. La madre miraba hacia arriba resoplando y revoleando los ojos, después agarraba el tubo con un estiramiento teatral del brazo, y decía un holáaaa, tan cargado de burla, que era fácil imaginar los ojos de Susini llenándose de lágrimas. Pero Susini tenía coraje, seguía insistiendo. Dejaba que ella entonara sus distintos holas, uno hiriente como un cuchillo, otro falsamente risueño, otro robótico y helado, dejaba que ella le dijera con la voz finita "está equivocado", que le cortara de golpe en el medio de una frase y asegurara después que había sido un problema de la línea, dejaba, sobre todo, que ella se riera con esa risa.

Pero al final Susini desistió, tuvo que irse con sus ojos húmedos a mirar a otra, llevándose con él a aquellos probables, prodigiosos hermanos. Pese a todo, llegaron a hacer varias salidas juntos. Lina recuerda una vez, un olor a campo y a frío. Es posible que hubieran ido al Club Náutico o tal vez sólo hasta Plaza Francia, pero lo cierto es que caminaban sobre el pasto, ellos dos delante y los cuatro chicos detrás, pisaban cristales de escarcha que hacían crash, crash. Lina puede oírlo. Pero no recuerda nada del aspecto de aquellos chicos, ni de las conversaciones que tenían, si es que las tenían. Sólo hay en su recuerdo el sonido de la escarcha, el frío y la sensación de ir caminando como una tropa detrás de la madre y de Susini, con una expectativa común: tal vez llegaran a ser medio hermanos, como les había explicado María. Pensándolo bien, no debían cruzar palabra, esa expectativa de hermandad, precisamente, debía mantenerlos mudos, alelados.

De los otros "inis", sólo conocieron los nombres o las voces por teléfono.

¡Ah no!, también conocieron a Pasini. Pasini fue una noche a comer a su casa, con otra pareja de amigos. Era gordito y pelado y no le sacaba los ojos de encima al escote de la madre. Cuando ellas fueron a dar las buenas noches, se quiso hacer el simpático. ¿Adónde llevo a tus chicas?, preguntó, apenas despegando los ojos del imán del escote, ¿al parque japonés? No, dijo Valeria, interrumpiéndolo, al supermercado. Pasini se quedó mudo, pero se la tuvo que aguantar, porque la madre se dedicó a reacomodarse la blusa hipnótica, color calipso, que llevaba puesta, y no hizo la menor intervención.

En aquel entonces en Buenos Aires existían muy pocos supermercados. Había uno en la calle Arenales y Callao y allí fueron los tres. La madre no los acompañó, lo dejó a Pasini solo con sus hijas, comprando latas de dulce de leche San Ignacio, Mantecol gigante, dulce de batata, Toddy, pan lactal, todo lo que fuera dulce, nuevo, o estuviera envuelto en papel plateado. A Pasini, que empezó la excursión con bastante buen humor, la sonrisa se le fue marchitando de a poco. Primero, porque se pasaron más de una hora allí adentro, mirá si iban a desperdiciar una oportunidad tan única e irrepetible con lo desmantelada que solía estar la heladera de la calle Juncal. Y segundo, porque la tira que salió de la caja registradora debió resultar bastante más larga que sus cálculos.

Después de esa magnífica provisión, no supieron más de él.

El Mantecol duró más, comieron tanto, que las dos sufrieron el mismo ataque de urticaria gigante.

De los restantes "inis", uno estaba vinculado al mundo del cine, otro terminó casándose con una amiga de la madre, un tercero se suicidó, y otros, vaya uno a saber.

—¿Por qué le fracasarían todo esos hombres? —pregunta Laura.

—Ella quería una vida brillante —dice Lina—. Ser Madame de Staël, Hannah Arendt, Greta Garbo, Marilyn. Vivir amores extraordinarios.

—¿Y con tu padre? —pregunta Laura.

—Demasiado microscopio para tanta ambición —dice Lina crípticamente.

"Te quiero hasta los hadrones", me decía. Y yo, ¿qué son los hadrones? "La forma desmedida en que te quiero", decía, "hasta el fin del tiempo."

"Alguna de tus células", me juraba, "podría sobrevivir íntegra a la disgregación. Una célula de tu boca, por ejemplo, intacta, podría iniciar un viaje largo y azaroso a través del tiempo. Podría llegar a formar parte de otro ser. Digamos, de una manzana. De manera que aunque hayas muerto", me susurraba en el oído, "mis células podrán buscar por toda la eternidad las tuyas. Podrán morder todas las manzanas del mundo hasta reconocer la manzana única de tu boca."

El resto de mi vida por palabras capaces de opacar esas.

Des mots et des cendres insensées.

Pero un día (y sé precisamente qué día nefasto fue) él dejó de hablar de mis *células. Empezó a hablar descarnadamente de* sus *células de laboratorio. Lo mismo daba si eran de mono o de rata. Las moléculas que lo reclamaban eran como tuercas o bulones, objeto de la ingeniería y no de la adoración.*
   No hablaba ya, el miserable, de la dulce y perfumada piel.
   Et la chair est devenue triste, helàs. Triste à en mourir.

Querida Negra: atención al "quesuismo". Jamás te ahorres un "cuyo" y lo reemplaces por un "que su". Así lo ha dicho un versadísimo español en esa absurda audición que sigo desde el barco y que se llama "Un idioma sin fronteras" de la Radio Internacional de España. (¿Te acordás de nuestra cruzada contra el "de que"? ¿Y de cómo se enojaba Graciela cada vez que despreciábamos a alguien por las palabras que usaba? A ustedes les metieron la cabeza en una jaula, nos decía. No te enojes, Gracielata, le decíamos nosotras, no te enojes.)

Ahora estamos en Itaparica, atrapados por las lluvias de julio y unos vientos que no dan tregua. Apenas haya un remanso, volvemos para Angra. En este fondeadero estamos rodeados de extranjeros navegantes: un griego con una brasileña de Minas, un español con una bahiana, una familia sudafricana rubios-rubios con nenitos rubios-rubios que corren con el culito al aire, un alemán solitario que parece gay y unos holandeses que tocan la armónica y fuman porros todo el día.

Nos entendemos en un inglés fragmentario y caprichoso que horrorizaría a los británicos y ni qué decir a algún académico defensor de los idiomas sin fronteras.

Pues bien, venciendo igualmente todo tipo de obstáculo, me llegó hasta aquí una carta desde España, del hermano de Graciela. Dice que le gustaría que lo vea cuando esté de vuelta en Marbella, en el próximo cruce. Y también me dice, sin eufemismos, que después de tantos años de desaparecida, han confirmado que ella está donde vos y yo creemos que está. Así que ahora, cada vez que saco a bucear a estos encantadores e internacionales argentinos, cada vez que ejerzo esta fascinante profesión de azafata del mar y la aventura, y me sumerjo con mi snorkel y les señalo a las gordas los cardúmenes tropicales de peces de colores inmóviles y repentinamente velocísimos, y ellas exclaman con gestos de las manos y los brazos, "¡oh!, ¡ah!", y yo las codeo bajo el agua para que no dejen de apreciar y de maravillarse de los dibujos de encaje de los corales y de las estrellas de mar petrificadas, imagináte lo que veo.

Gracielita, Gracielata. Nos divertíamos las tres. Improvisábamos discursos, pasando una los brazos por detrás de la espalda de la otra, sacando unas manitos como de enano que se movían dislocadamente. Juntábamos caspa sobre la hoja de una carpeta, hacíamos un número de bailarinas clásicas torpes y atropelladas, mirábamos nuestras caras deformadas en la superficie metálica de una cafetera, bailábamos Zorba el Griego, nos dibujábamos muñequitos en las yemas de los dedos, le escribíamos cartas anónimas al profesor de historia, hacíamos ese gesto secreto y obsceno con la nariz. Nos pasábamos horas perfeccionando esas pavadas. Y no nos equivocábamos. Al final de cuentas, resultaron inolvidables, definitivas.

Cómo nos reímos, también, el día en que viajamos a Chascomús y se nos hincharon tanto los pies que después no pudimos ponernos los zapatos. Y aquella tarde, cuando al final nos reencontramos en el bar de la calle Uriburu, llorábamos de risa. De la cara de pájaro del mozo decíamos, pero era de puro alivio, porque habíamos conseguido escaparnos de una encerrona en la primera manifestación a la que habíamos ido, llenas de miedo y de indignación. Eso fue al principio. Cuando sólo se trataba de manifestaciones y podíamos andar juntas las tres. Cuando todavía no nos llevabas tanta ventaja en eso de vivir hasta morirse.

¿Qué era eso que corría por el suelo lanzando humo? Lina no lo sabía. Eran balas, granadas, qué eran. Poco sabía ella de armas, poco de guerras. Había visto algunas películas, como todos, pero aquí no había trincheras, ni largas caminatas entre la nieve como en Waterloo, esto no tenía nada que ver con las imágenes cinematográficas que era lo único que Lina conocía de la guerra. Se escuchaban estampidos, un sonido seco, irrisorio, comparado con el despliegue de estruendos de aquellas imágenes. Sin embargo, Lina sentía que se ahogaba de miedo, que esos estampidos aparentemente inocentes eran una trampa, que en cualquier momento una bala podía entrarle en el cuerpo silenciosamente, y escuchaba su corazón, retumbando contra sus sienes, como otra bomba a punto de estallar. Las cápsulas, o como fuera que se llamaran, corrían entre sus pies haciendo eses, lanzaban un humo espeso y blanco y silbaban.

Gases lacrimógenos, boluda, dirá Graciela después. (Y se reirán a carcajadas las tres en el bar donde por fin se habrán encontrado, se reirán de alivio y también de regocijo, por el puro sentimiento de haber vivido.) Pero en aquel momento de terror, Lina había buscado a Adriana y no la había visto.

Adriana iba mucho más adelante que ella, y todavía más adelante iba Graciela. Graciela siempre iba adelante gritando, agitando carteles, siempre entre las primeras. Lina en cambio corría, venciendo a cada paso a la Lina que quería volver a su casa. A tomar el té con tostadas. Quién quería estar corriendo por la calle Pueyrredón, perseguida por aquellos proyectiles desconocidos. Quién quería ver cómo los milicos les cerraban el paso con sus camiones hidrantes, cómo los policías desenfundaban sus palos y golpeaban al que podían alcanzar, lo arrastraban de los pelos o la camisa y le seguían dando, lo pateaban y lo golpeaban hasta ver caer el cuerpo sangrante, quién quería ahogarse, hipando y llorando, soportando el miedo hasta tropezar con sus estúpidos zuecos, aquellos zuecos de altísimas plataformas de corcho, tan absurdos para correr en una manifestación que resultó inevitable precipitarse contra el asfalto, ir cayendo en una lenta e irreversible secuencia, esperando el golpe final hasta que, en la última décima de segundo, aquel tipo la salvó, la atajó en el aire, la arrastró en su carrera, la escondió con él en el portal oscuro de un edificio y allí la abrazó contra una pared húmeda, hasta que ella dejó de temblar.

Tomás pasa la mano por el mantel almidonado, palpa con la yema de los dedos un zurcido prolijo. El orgullo de la pobreza, piensa. Pobres, pero limpios y zurcidos. Viviendo afuera uno se olvida de algunas cosas. Simplemente deja de verlas. Como un zurcido. La pobreza misma, en su mundo universitario, es sólo un número, un dato de la economía o la sociología.

También había olvidado "el paquetito" como el que le han hecho esa mañana en una farmacia. "¿Le hago un paquetito?" (El cálculo justo para cortar el papel, la destreza para pasar el piolín arriba y abajo, rematarlo en un nudo central, dejar el piolín vibrando en el aire por la velocidad de la maniobra.) Hace falta tiempo para eso, piensa Tomás, para hacer un zurcido o un paquete. Pese a la pobreza y el desencanto de la gente, pese a los aires –la violencia– de ciudad pretendidamente moderna que él ha visto en estos días, Buenos Aires todavía le muestra fragmentos de un tiempo de aldea. Una gentileza.

(Tomás ve la ciudad ahora como no pudo verla en su primer viaje. No sólo porque esta vez han transcurrido muchos años y su mirada se ha vuelto más distante o serena. También porque aquella primera vez estuvo signada por la enfermedad del padre. Él había esperado un encuentro con Karl, había imaginado que al fin el padre se lo contaría todo. Pero tal vez por el esfuerzo de haber callado durante tantos años, o como una perversa manera de seguir callando, en el cerebro de Karl se había producido entonces una catástrofe. Recuerdos, fechas, nombres, todo quedó perdido, confundido, hecho astillas. Tomás se encontró otra vez con una historia llena de cabos sueltos Y se fue de Buenos Aires resentido. Alejado del país, de su padre, de él mismo.)

Tomás levanta los ojos para llamar al mozo y entonces, a través de la ventana, ve acercarse a Juan M. desde la esquina de Montevideo. Tarda en reconocerlo. Su mirada tiene que ir desechando las sucesivas caras que le han fraguado los años, hasta llegar al Juan M. flaco y desgarbado que él había conocido. Un pinchazo del viejo miedo le atraviesa el estómago. Como si se tratara de un pase de magia, lo ve entrar por la puerta giratoria y reaparecer unos segundos después dentro del restaurante. Siente el impulso natural de levantarse, de llamarlo, pero no lo hace. Lo ve pasar hacia el fondo, dentro de su nueva figura, y reunirse con otros hombres, en una mesa alejada, casi enteramente oculta a su vista.

Resulta en cierta forma inadmisible que aquel hombre –que es y no es Juan M. a un mismo tiempo– no vaya al encuentro de Tomás, sino de otros personajes vinculados a su nueva vida, paralela y ajena a la vida de Tomás. El hecho de que se crucen ahora en un restaurante, veinticinco años después, por puro azar, cuando veinticinco años antes habían compartido diariamente la pasión política, sus exigencias urgentes, despóticas, vuelve a revelarle a Tomás la dimensión absurda que el tiempo le impone a las cosas. Su forma súbita de aplanarse, de constituir un momento único donde todos los hechos coinciden, se concentran exasperadamente hasta que al fin estallan, se fragmentan, y después unen y desunen sus partes de cualquier manera, como sucede en los sueños. Uno sale de allí a los tumbos, agradecido casi a los relojes, a su sórdido trabajo de rutina.

Por eso, así como registra la conmoción que le provoca el encuentro, Tomás también puede comprobar con qué velocidad se enfrían las emociones, cómo se reordenan según aquella otra lógica, la lógica cristalizada de los recuerdos.

No va a ser necesario, entonces, hacer nada, piensa Tomás, sólo seguir comiendo metódicamente su ensalada de radicheta y cebolla. En pocos momentos más, Juan M. estará tan lejos de él como lo ha estado en los últimos veinticinco años. Y él podrá seguir entregado a los recuerdos inocentes que le despierta la ciudad.

Porque le produce una alegría infantil reconocer el colectivo sesenta, el olor de la línea A de subterráneos, los canillitas asegurando la pila de diarios con una piedra, los almacenes de barrio.

Le gusta escuchar su idioma en la calle, palabras que tenía perdidas reaparecen lustrosas, nuevas. (Pero hacia el final del día, lo agotan. Como un Funes memorioso, no puede dejar de escuchar, de sentirse interpelado a cada momento, como si todas las conversaciones lo atañeran).

No es que él no hable un perfecto inglés. Él ama incluso aquella otra lengua, sobria y concisa, sin comas, pero hay sin embargo una reserva, una distancia entre el rumor discreto del

inglés y su verdadero ser, como si algo permaneciera siempre
de superchería en un Tomás hablando o hasta soñando en inglés. En cambio aquí todas las palabras son suyas, todas parecen formar parte de su cuerpo, sin distancias ni fisuras.

En este reencuentro, tocado por estas pequeñeces, Tomás
siente que avanza desparejo. Los años del terror parecen quedar escamoteados. Como si no hubieran resultado, finalmente, tan decisivos en su vida. Más fuerte se habría revelado su
destino de investigador, su instinto de vida, la constitución
burguesa de su familia desplegando su helicoide de ADN.

(Serás lo que debas ser. ¿Entonces había una deuda? ¿La
vieja máxima sanmartiniana no era pura retórica? "Mano, tú
tendrías que quedarte aquí en México para ser de verdad lati-
noamericano. Sabrías lo que es el orgullo de la raza", le había
dicho su amiga Pura. Pero Tomás no llegó a conocer aquel orgullo. Dejó Méjico y a Pura y se lanzó a Europa, para reen-
contrarse con sus otras raíces, con su Thomas europeo.)

Solo, tal vez no hubiera encontrado el impulso necesario para ir a Berlín. Fue porque Lilian insistió, encontró la semana propicia de vacaciones, sacó los pasajes, preparó las valijas. Lo acompañó, con su espíritu turístico, diligente, decidida a rescatar los fragmentos de la historia familiar.

En la Argentina –le contó Tomás a Lilian en el avión– a la tercera prenda te ibas a Berlín. Lilian lo miró sin entender. Prenda era un castigo, o aviso de castigo, en algunos juegos. Después de dos errores, al tercero, te ibas a Berlín. Lejos, apartado del grupo. Para que los chicos del otro bando decidieran entre risas y susurros qué prenda debía cumplir el condenado. Algo disparatado o vergonzoso. Como bajarse los pantalones delante de una vecina. O ir de rodillas hasta el inodoro, meter la cabeza adentro y tirar la cadena.

Berlín era la espera angustiosa de la condena. Berlín era el exilio.

En Estados Unidos no hay ningún juego parecido, le dijo Lilian.

Tomás se había preguntado muchas veces qué sentiría en Berlín.

Le hubiera bastado con recordar aquellos juegos de la infancia. Le bastó entonces con bajar del avión y leer los primeros carteles en alemán. Otra vez miedo. (Gran parte de su vida podía ser pensada como una historia de miedos. Y si él se sentía un hombre cabal, era porque había cargado con sus miedos, como con piedras pesadas, había construido su camino alrededor de ellos.)

Pero al cabo de las horas descubrió que el miedo berlinés era menos apremiante que otros miedos. Un miedo que por momentos podía confundirse simplemente con emoción y que lo llevaba a hacer algunas cosas absurdas o vergonzosas con tal de no revelar su condición de extranjero. Primera prenda: no hablarás en alemán. No confrontarás el idioma aprendido en la infancia, forzosamente aprendido, con el que se habla en esta ciudad. Segunda prenda: dejarás que la máquina de dar cambio te trague un billete de cien marcos, pese a que el policía apostado en una de las esquinas podría haberte ayudado. Tercera prenda: caminarás una hora alrededor del Breitenbachplatz buscando inútilmente la diagonal de la Breitenbachstrasse, sin preguntar a nadie lo que debe ser obvio y te sería señalado con un gesto de incredulidad o ironía.

Tomás pagaba sus prendas hasta que Lilian lo rescataba con sus planos, sus visitas guiadas y su determinación de sacar fotos, constatando que las cosas sucedían, porque allí estaban las fotos para demostrarlo, esas imágenes que ella ordenaba en álbumes, año tras año, dando testimonio de sus existencias.

Así fue al principio. Pero, al segundo o tercer día, Tomás se sintió más fuerte. Dispuesto a llevar adelante el plan original: buscar en la ciudad las casas donde había vivido la familia de su padre, reconstruir su itinerario.

Tenían datos de cuatro lugares diferentes. La gran casa, la del esplendor, la que el padre de su padre había construido, decían, de acuerdo con sus propios planos. Una casa de la que Tomás no había tenido detalles, su padre nunca los daba, sólo mostraba retazos de la historia, pero bastaba con su mirada evocadora, su modo de decir "Ahh, la casa de Dahlem", para imaginar todos los lujos, todas las vanidades de la riqueza. Después había sido una casa más austera, pero todavía elegante, en las cercanías del Wilhelmplatz. Entonces quebró la fábrica de paraguas, el abuelo Hans se fue a la guerra y murió en una trinchera sin heroísmo alguno, acosado por los piojos y la disentería. Cuando el huevo de la serpiente estuvo maduro para dejar nacer al monstruo, el descenso se hizo vertiginoso. Tomás supo de algunas escalas. La casita de la Mennekenstrasse y un departamento ínfimo en la calle del mercado, el último refugio, la pesadilla de Karl, porque después había sido la decisión, el desbande.

Tomás sólo tenía esos pocos datos. Suficientes para intentar el recorrido, empujado por la determinación de Lilian. Eso sí: seguirá el camino inverso al que siguió su familia. No descenderá de la casa magnífica al departamento miserable. Él reconstruirá la historia a su manera, creará su propio orden. Recorrerá Berlín hasta encontrar la casa que se reflejaba en los ojos de su padre.

La tarde del 2 de mayo de 1945, los sobrevivientes que salían de sus refugios se encontraron ante un enorme desierto de escombros.

Las calles y plazas estaban cubiertas de cadáveres, ruinas, tanques y cañones carbonizados. Ochenta mil muertos y setenta y cinco millones de metros cúbicos de escombros era la herencia que dejaba el Reich a Berlín.

Lilian lee en voz alta, apoyada junto a Tomás contra uno de los muros de la Skalitzer Strasse, en una de las tantas zonas indecisas que han dejado las reconstrucciones de la ciudad. Están en silencio y el viento los hace parecer más solos y más débiles.

Piensan, los dos, que por allí corrió alguna vez una calle estrecha y húmeda, la Mennekenstrasse.

Como en la memoria de su padre, la ciudad les muestra sus agujeros.

Tampoco existe la Feilnerstrasse, en la parte oriental de la ciudad.

Todo ha sido cubierto por nuevas construcciones, edificios modernos y despojados que a Tomás no le dicen nada.

No es que él no lo hubiera previsto. Sin embargo, constatar cada desaparición le provoca cierta furia. Todo tendría que estar allí, en pie, esperando su llegada. Que él tocara al menos una vez cada piedra, antes de pulverizarse.

Pero también, como en la memoria de su padre, cuando nada se espera ya, súbitamente, emerge una ruina magnífica.

El Wilhelmplatz existe. Las casas que lo rodean conservan la placidez de una Berlín de principios de siglo. Tomás puede pasearse por sus calles laterales un largo rato. Establecer con ellas un mínimo pacto de confianza, sonreírle a la anciana que le habla con dulzura a su perro, detenerse a escuchar el sonido vacilante de un ejercicio de piano, abandonarse sobre la mesa minúscula de un café.

Es apenas una pieza del rompecabezas, pero basta para alentar la última búsqueda.

Tomás y Lilian llegan al final del itinerario. Caminan por la calles arboladas de Dahlem, a lo largo de la Drakestrasse.

Es el comienzo de la primavera de 1982, pero no por eso las fachadas son menos grises y pesadas en aquel suburbio residencial de Berlín.

Tomás va como a tientas, cruza las calles en diagonal, mira casa por casa esperando encontrar alguna señal. Hasta que ve aquellos balcones.

El recuerdo asciende lentamente a la superficie. Es un recuerdo muy antiguo.

–¿Qué es un ángel de la guarda? –pregunta Tomás.

Es de noche y el padre está sentado a los pies de su cama.

–Alguien que manda Dios para proteger y cuidar a la gente.

–Como un duende –dice Tomás.

–Algo así. Los cristianos creen que cada persona tiene uno. Habría millones de ángeles, ciudades enteras, países, llenos de ángeles.

–¿Nosotros no tenemos?

El padre hace un gesto de incomodidad, busca una respuesta.

–Nosotros no creemos –dice al fin.

Tomás se siente decepcionado.

–¿A vos quién te cuidaba cuando eras chico?

Tomás sabe que al padre no le gusta hablar de su infancia. Que las respuestas siempre son vagas o quedan truncas. Por eso, aquella vez, el padre lo sorprende.

–Mucha gente me cuidaba –dice Karl–. Mis padres. Mis hermanos. Y también dos guardianes –agrega.

Tomás da un salto en la cama.

–¿Guardaespaldas? –pregunta Tomás.

El padre asiente. Dos hombres monumentales –agrega–. Con músculos como de piedra. Tan forzudos, que cada uno sería capaz de llevar un balcón sobre su espalda.

–¿Te seguían a todas partes?

–No. Pero siempre estaban.

–¿Después qué pasó?

–No lo sé, hijo –dice el padre–. Tal vez sigan allí. Tal vez hayan desaparecido en un bombardeo.

El padre se calla. Ya no agregará nada más.

Pero Tomás no necesita más. Se queda con los ojos abiertos, en la oscuridad del cuarto, hasta muy tarde.

Mi padre, podrá decir en la escuela, cuando era chico, tenía dos guardaespaldas. Porque era rico y porque era la guerra.

Tomás levanta la cabeza y los ve allí. Aquellos hombres de piedra, con el cuello y los hombros poderosos, las cabezas dobladas bajo el peso de su balcón. Tomás se los señala con un gesto a Lilian. Atlantes, dice ella, símbolo del sometimiento de los cautivos en la Antigua Grecia. Tomás detesta en aquel momento las certezas de Lilian, sus guías turísticas, su pragmatismo.

Se adelanta hacia el portón de entrada y toca el timbre.

El hombre que lo atiende tiene su edad. Su altura. Su color de pelo. A Tomás le parece estar mirándose en un espejo. Él podría ser ese hombre.

Con una voz tersa, en la que el alemán le suena por primera vez sin dureza, el hombre le pregunta a quién busca, quién es él. Tomás se queda mudo, abismado por la dimensión que le revela la pregunta. Lilian viene a socorrerlo, como ha hecho tantas veces. El hombre abre la puerta, los invita a pasar, les sonríe. Esta casa ha vuelto a manos de judíos, les dice. *Willkommen.*

Las paredes son blancas, tapizadas de boiserie hasta una altura media. Los salones son espaciosos, los pisos de roble claro, los adornos discretos. Un parque cuidado y antiguo muestra retazos detrás de los ventanales. Todo contradice la violencia, con su luz y su serenidad. Todo afirma la continuidad de un mundo estable, donde los proyectos pueden desplegarse sin esfuerzo, naturalmente.

Tomás y Lilian toman té con Günther –el nombre de su otro yo berlinés– y con su tía Amalie. Una mujer frágil y como perdida en una bruma, pero terminante cuando afirma que el apellido de la familia que ha construido aquella casa no es Albrecht.

Para confirmarlo, se levanta en busca de unos planos. Cuando reaparece, trae un rollo en la mano. Retira una a una, con una lentitud que a Tomás lo impacienta, las tazas de porcelana, la jarrita de crema, los platos con su cucharita chata. Por fin despliega el plano sobre la mesa. El papel está amarillo y resquebrajado, pero despide un olor dulce, como el del apfelstrudel que acaban de comer, y se ve claramente, junto a los sellos oficiales, una firma ampulosa en tinta negra, y debajo de ella la aclaración: Günther H. Heifetz.

—No pensemos más en el shampoo, ni en la caspa —dice Laura—. Juguemos al truco, a la batalla naval, al ahorcado, a lo que quieras. Y que trabaje un poco el pensamiento lateral.

—Mientras no sea a la canasta —dice Lina.

—Mis padres jugaban a la generala casi todos las noches —dice Laura, y empieza a dibujar sobre una hoja un tablero de batalla naval—. También tomaban licor de huevo. Yo me dormía escuchando el ruido de los dados en el cubilete.

—En casa algunas veces se jugaba al póquer —dice Lina—. Pero las mesas eran casi siempre afuera.

Laura completa un segundo tablero y se lo pasa a Lina.

—Poné tus barcos —le ordena—, uno de cuatro, dos de tres, tres de dos y cuatro de uno.

Lina distribuye todos sus barcos en el mismo sector: puede resultar una buena estrategia. O un desastre.

—"Me voy a trabajar", decía ella. Y se iba a jugar al póquer —dice Lina—. Casi siempre ganaba.

—Pero ustedes no vivían de eso. ¿Acaso tu viejo no le pasaba plata?

—Sí, el mendrugo —dice Lina.

—A4 —dice Laura.

—Agua.

Ayer iba cruzando Pueyrredón y me miró una bizca. Me clavó los ojos entre las dos cejas y supe que algo espantoso me iba a pasar. O perdía en el póquer o tenía un encuentro siniestro. Y eso fue lo que pasó: me tuve que topar con el miserable y la putita. Iban los dos muy abrazados, caminando por la calle Charcas. Por suerte yo iba por la vereda de enfrente y estoy casi segura de que no me vieron. Llegué a casa y me sumergí en el baño. Por más colirio en los ojos y baño con sales y máscara de leche de pepinos, no me los pude borrar de la cabeza. Los dos amarraditos, qué cursilería. Seguro que salían de almorzar en el Pinet. Después él tiene el toupet de mandar a decirme que no tiene plata. De arreglarme con el mendrugo. La putita le debe estar sacando todo.

Ô rage. Ô desespoir.

El miserable nunca tiene plata. Pero ahora que consiguió entrar en una empresa del Estado qué. ¿Acaso no se acaba de comprar un auto? Vamos a ver si tiene o no tiene plata. Eso dice la madre mientras revuelve furiosa su placard. Duda entre varias polleras y por fin descuelga una color crema. Está un poco sucia, porque es muy clara, pero a ella parece no importarle. Después entra a la cocina y saca varios frascos de la estantería. Elige uno, un frasco de salsa oscura que nunca se usa, lo destapa y echa un chorro sobre la pollera. Lina y Valeria se miran asombradas, pero no dicen ni una palabra.

La madre deja la pollera con su mancha sobre una silla y saca un cuchillo de un cajón. Elige un par de zapatos de tacos altos. Un par bastante viejo. Se sienta sobre la cama y con el cuchillo empieza a pelarle los tacos. Cada tanto los aleja de su vista para contemplar su obra, busca como un escultor el punto justo, el límite de lo creíble. Revuelve entre todas sus medias de nailon y saca unas que tienen unas corridas larguísimas.

No es la primera vez que Valeria y Lina la ven disfrazarse. Pero saben que esta vez se trata de otra cosa. Aunque no terminan de entender los preparativos, saben que se trata de una nueva batalla con el padre. Una batalla por el mendrugo. ("Llegó el mendrugo, llegó el mendrugo" canta la madre por toda la casa cada vez que llega el sobre manila que el padre manda los primeros días de cada mes.)

La madre se mira en el espejo. Se ha puesto el chaleco amarillo descolorido, de lana muy apelmazada, el que usa para dormir, y le ha pedido a María que le preste su tapadito marrón. Ni una gota de maquillaje sobre la cara. Está muy pálida. Con una tijera da un toque maestro, descose unos centímetros del ruedo del tapado marrón. Listo, dice, y se va dando un portazo.

Lina y Valeria se quedan mudas. Se miran con culpa, saben que no deberían haber contado lo del paseo en la Estanciera. Pero no es fácil resistir a las preguntas de la madre. Es necesario calmar de inmediato la mirada de hielo que se forma en sus ojos azules, y decirlo todo, a los tropezones, que la Estanciera era nueva, color verde clarito, que almorzaron primero bifes de chorizo y Charlotte de postre y que después cantaron a voz en cuello por la Costanera, todos juntos, sí, incluida la putita, *yo tenía diez perritos jijau, uno se murió al revés, no me quedan más que nueve,* claro que ella iba adelante con él, *de los nueve que tenía, uno se comió un bizcocho, no me quedan más que ocho,* sentados muy juntos, y las dos chicas saltando en los asientos de atrás, *de los ocho que tenía jijau, uno se metió en un brete, no me quedan más que siete,* muertos de risa los cuatro, *jijau,* y con las ventanillas bien abiertas para que entrara el viento y les enredara el pelo, *de los siete que tenía jijau, uno se murió en francéis, no me quedan más que seis y* así hasta terminar con los perritos y con la tarde soleada del domingo, día en que le toca al miserable hacerse cargo de sus hijas hasta el anochecer, que es cuando debe dejarlas en la puerta de abajo, tocar el portero eléctrico y retirarse a la vereda de enfrente, o a la esquina, o detrás de alguna vidriera cercana, cosa de poder controlar que la madre las recoja, pero evitando cuidadosamente cruzarse con ella.

El ciprés es un árbol de cementerio, dice siempre su madre. Pero el que Lina ve ahora bajo la ducha, a través de la ventanita del baño, está rodeado por una enredadera y la enredadera da unas flores amarillas y frágiles que cubren totalmente la copa del árbol dos veces al año. Nada que ver con la severidad de un árbol de cementerio. Su ciprés es un alegre ciprés. Lina levanta la cabeza para enjuagarse el pelo y ve, con los ojos entrecerrados, las extensas manchas grises que cubren el techo. Hongos de humedad. Debería subirse allí como ya lo ha hecho una vez y pasar lavandina. Desecha la idea, pero apenas se libera de la amenaza de la lavandina viene a descubrir el barral. Lina sabe qué fácil es verse rodeado por objetos decadentes. Objetos que por la sola virtud de mantenerse en su sitio por años se vuelven invisibles. Ha cambiado hace poco tiempo la cortina de baño. Pero el barral. El barral es gris, de aluminio carcomido y está doblado en el centro como si alguna vez alguien se hubiera colgado de allí. Lina siente que la está por acometer el ataque obsesivo.

(Lina pasaba por largos períodos de indiferencia hacia los objetos pero, de pronto, algo sucedía. Empezaba a ver. El color de un mueble, lo descascarado de una pared, la inutilidad de una maceta. Esta mínima molestia se iba agudizando, hasta transformarse en un malestar casi metafísico. Entonces se volvía urgente, impostergable, pasar a la acción. La inquilina se expandía dentro de ella, asumía el desafío como un combate personalísimo. Feroz.)

Lina intenta desviar los ojos del barral, tiene cien cosas más importantes que hacer. Se enjuaga el pelo y se esfuerza en no pensar. Como el personaje de *El hombre demolido,* ocupa su mente con otra cosa. Tararea el insoportable jingle de Manchet. *Manchet saca las manchas, Manchet limpia la ropa antes de lavar, Manchet es poderoso, Manchet no tiene igual...* Pero por debajo de la pegajosa melodía de Manchet, como una mancha insidiosa se extiende y se extiende la idea del barral, atacando otro carril de su conciencia, allí donde la inquilina ya está calculando si podrá destornillar sola las fijaciones del barral o no. Recuerda que en Corrientes y Riobamba hay una casa de baños donde seguramente encontrará un barral mejor, en los últimos años deben haberse diseñado nuevos modelos, más livianos, y de otros colores, barrales mucho más lindos que ese elemental y gris de aluminio abollado que ya no puede tolerar. Se resiste. No, dice en voz alta. Y se siente firme. Olvidarse del barral. Olvidarse. ¿Entonces en qué quedamos: apego o desapego de las cosas? Apego sin obsesión.

—Amelia, me alcanzás un destornillador —grita Lina por el hueco de la escalera. Está perdida.

(Victoria sobre Némesis: su madre ha encontrado la papeleta azul en un sector inexplorado de la cartera, ha completado el trámite de Osplad y está a salvo, instalada nuevamente en su casa. De modo que cuando se levanta la sesión de fotos para el nuevo envase de shampoo antigraso, en la agenda de Lina se abre un inesperado espacio de libertad.)

Lina sale de la agencia, impaciente, no mira a los costados, camina con un aire de resolución que asusta. Alta la mirada, elástico el paso, expectante el corazón, el bizarro soldado va en pos de su objetivo: la casa de plásticos y artefactos para el baño y el hogar de la calle Riobamba esquina Corrientes. Una ligera angustia le atenacea el pecho. ¿Y si no tienen? ¿Y si cuando llega está cerrado? Apura el paso y esfuerza tanto la mirada que le arden los ojos. Por fin, después de varias cuadras que le parecen larguísimas, ve aparecer la vidriera de la casa de plásticos y artefactos y... ¡oh sí! está abierta de par en par, esperándola como un destino. Lina se siente feliz. Sí, feliz. Nada ni nadie podría detenerla ahora. Apenas entra, los ve: barrales de bronce y barrales blancos, enhiestos como banderas de bienvenida. El empleado, un señor mayor, sereno y respetuoso, parece haber crecido allí, junto a los barrales, y esperarla con la paciencia y la respuesta justas para cada una de sus dudas. Cada paso de la compra va cerrándose uno sobre otro con absoluta perfección.

Hay barral de ese diámetro. Hay de bronce. No es carísimo. Atención, ¿es de la medida correcta? Sí, lo es. ¿También tienen los topes? Los tienen. ¿Será un sueño? ¿Cuál será el error? ¿Qué, lo que sus planes obsesivos no hayan previsto (su ansiedad atenta contra ella) y salte después como una traición? Lina sabe bien que la conquista de estos objetivos requiere varios asaltos. Que es necesario cortejar los hechos para que finalmente se dignen suceder. (Y cuando no son los hechos y su resistencia, son los deseos los que se marchitan, se extinguen por sí solos: lo que ha parecido tan importante, imprescindible, pierde su sentido, se desvanece.)

Consecuentemente, Lina ha desarrollado diversas estrategias para tolerar la frustración. Una de las principales es considerar la primera vez como un simple ensayo. Dar por sentado que faltará un requisito para el trámite del caso, que aquel no será el horario, la marca o el tamaño. Sabe defenderse Lina. Pero a veces sucede, como una lotería, que todo encaja. Como ahora.

Lina sale radiante de la casa de plásticos y artefactos para el baño y el hogar, lleva el barral como un trofeo aunque, la verdad sea dicha, llevarlo con naturalidad no es fácil, tiene una longitud considerable –de 1,80– y, como lo lleva en sentido horizontal, debe cuidar de no tocarle el culo a ningún pasante ya que, por una cuestión de altura, allí apunta precisamente el extremo del barral.

Lina llega a Corrientes y decide no retroceder hasta Callao –detesta retroceder, como si en ello se jugara algún sentido profundo de la existencia– y camina hacia la boca del sub-te de Pasteur.

Se detiene en la esquina para esperar la luz verde, pone el barral en sentido vertical, era tanto más lógico llevarlo así, piensa, y la ve. La mujer parecida a Valeria. La forma y el color acaramelado de los ojos, la flacura, pero, sobre todo, el aire de indefensión. Entonces sale a la superficie el recuerdo entero de su hermana, tendida en la camilla, con su suéter de colores. Qué cerca estaba, qué sorprendentemente cerca, piensa Lina, no hundido en lo más profundo de su ser, no perdido entre los pliegues del tiempo, recubierto por el musgo de los meses, acolchado por los años, descolorido y quebradizo como un papel viejo. No. Está ahí mismo, sobre su piel. Surge tan vívido e intenso como si estuviera constituyéndose en aquel mismo instante y hubiera entonces un fenomenal malentendido, casi un acto de mala fe, en aquello de llamarlo recuerdo. Con naturalidad, las lágrimas que también estaban allí, esperando apenas una señal, se deslizan discretamente por la cara de Lina, parada junto al semáforo, empuñando el barral.

Lina camina las dos cuadras que la separan de la boca del subte. Va pensando que al final de cuentas no hay tanta diferencia entre ella y su hermana. Su hermana está acostada. Ella está parada. Una vertical, la otra horizontal. También ella, Lina, se va pudriendo lentamente. Se le descama la piel, se le cae el pelo, se le acaban los óvulos, se le afloja la carne. Su hermana ya no debe tener carne. Ya debe ser hueso pelado, Valeria. Más sabia porque más rápida. Más sabia porque siempre supo. Nunca se hizo ilusiones, Valeria. Mientras ella todavía lleva el barral (con ridícula euforia), su hermana lleva la calavera.

Sobre el andén, Lina advierte que entrar al subte con el barral no va a ser fácil. Por un instante teme incluso que sea imposible. (Entonces ese sería el error, el error siempre salta por algún ángulo inesperado, Lina lo teme pero también lo espera con cierta resignada curiosidad.) Pero no, razona Lina, el barral mide apenas unos veinte centímetros más que ella, ergo, tiene que poder pasar por la puerta del subte. Con el primer subte no se anima, está demasiado lleno. Calcula sus posibilidades geométricas, deberá inclinarlo ligeramente para pasar por la puerta y después volver a enderezarlo. Pero rápido, antes de que las puertas automáticas se le cierren encima. Como un atleta con su garrocha, Lina salta sobre el último vagón del segundo subte y cae bien parada. Suspira de alivio. Hay muy poca gente en el vagón y el tren avanza a una velocidad insólita, casi peligrosa, a esa hora en que nadie está apurado. Lina advierte que el barral parece un pasamanos. Peor: advierte que ella misma cree que es un pasamanos, por la forma en que va aferrada a él. Se ríe. Pero le dan inmediatas ganas de llorar otra vez. Qué mirás pelotudo. ¿Nunca viste a una mujer con un barral en el subte? ¿Nunca viste lo desesperadamente que uno debe aferrarse a sus obsesiones? ¿Nunca se te murió un hermano, un amigo, las ilusiones?

–Ya no hay ni cucarachas aquí –dice Laura.

–Por eso sobreviven –dice Lina–. Saben rajar a tiempo.

–¿Quién te va a prestar plata? –pregunta Laura.

–No sé.

–¿Te acordás el mes que me robaron tres veces la billetera?

–Me acuerdo.

–Ahí lo conocí a Bertini. ¿Querés el número?

–¿Bernini?

–No, Bertini.

–¿Qué les pareció la columnata del Bernini? –pregunta la madre.

Hace unos días que Lina, Adriana y Graciela han vuelto del viaje a Europa donde han ampliado sus horizontes, tal como estaba previsto, aunque no precisamente en el sentido académico que esperaba la madre.

–Bernini… Bernini… –Lina mira a sus amigas en busca de ayuda, pero Adriana y Graciela están distraídas mirando las fotos del viaje. De todos modos, sus recuerdos sobre aquel largo y venturoso año en Europa están muy lejos de Bernini, cautivadas como habían sido por el azar de las rutas, la libertad dilatada del tiempo, la riqueza de los encuentros y los idiomas. Bernini era Italia, eso era seguro, probablemente Roma, adonde los había conducido un viejo Panhard, un auto ruinoso en cuyos flancos el grupo había pintado orgullosamente la leyenda "Que se jodan".

—En Roma ¿no? —pregunta Lina.

—Pero claro, chica, en el Vaticano, dónde va a ser, dice la madre.

—Ahhhh —dice Lina, como empezando a recordar. Y recordó.

Adriana y ella están sentadas sobre la escalinata de San Pedro. Se inspeccionan concienzudamente las piernas.

—Tengo las rodillas demasiado anchas —dice Adriana.

—Tengo los pies muy grandes —dice Lina—. Y los hombros caídos.

Han visto tantas estatuas, tantas proporciones perfectas en Europa, tantas mujeres magníficas, que se vuelve cada vez más difícil estar contentas con el propio cuerpo.

—La piel de las rodillas es como la de los elefantes —dice Adriana.

—La de los codos también —dice Lina.

No es que ellas no hayan querido entrar a la Basílica. Pese a todo, están de acuerdo en que algunos museos, algunos monumentos, deben ser visitados. Pero no las han dejado entrar. Una monja gentil las ha detenido en la puerta, *dovete avere la manica corta,* les ha explicado, señalándoles los brazos desnudos. Lina y Adriana se quedan perplejas. ¿De dónde podrían sacar ellas unas manicas cortas, en aquella mañana de calor agobiante y tan lejos del albergue donde ha quedado su escasísimo equipaje? Aunque no lo digan, las dos piensan que a Graciela se le hubiera ocurrido algo. Pero Graciela no está en aquel momento con ellas, ha seguido viaje hacia Venecia. De manera que dejan pasar el tiempo mansamente, sentadas sobre la escalinata de la Basílica, observando con curiosidad sus piernas, sus brazos, sus manos, esos cuerpos que todavía crecen y que las asombran con sus cambios bruscos o imperceptibles. Hasta que de pronto a Adriana se le ocurre la idea. La toma de la mano a Lina y la lleva corriendo hasta el primer bar que encuentran. Se acerca al mozo que está detrás de la barra y le dice aquella frase que a Lina le parece admirable y que Adriana vienen repitiendo varias veces por día a lo largo de todo su trayecto por Italia: *un bicchiere d'acqua, per piacere,* seis años de Dante Alighieri para emitirla con una entonación tan musical y rumorosa como los chorritos de agua de las fuentes romanas. Cuando el mozo se da vuelta para alcanzarle el vaso, Adriana saca del servilletero una pila de servilletas. Y con ese humilde material ellas hacen su obra de arte: unas manicas cortas artesanales, insospechables, adheridas ingeniosamente a sus camisetas sin mangas.

Entraron pues a la Basílica. Sintieron con placer el frío antiguo de mármoles y piedras, se rieron entre las lápidas venerables de reyes y santos, y por fin se plegaron al susurro de admiración de los japoneses, americanos, europeos y latinos bajo la bóveda celeste de la capilla Sixtina.

Pero de Bernini, *niente di niente.*

–La columnata –exclama la madre–. En la explanada de San Pedro, qué burra, chica.

–Negra, mirá esta foto –interrumpe Adriana. Y pone delante de sus ojos la imagen de las tres amigas abrazadas, bailando Zorba El Griego.

–No le digan negra a la chica –acota la madre.

Bernini podría haber sido otro de los pretendientes de su

madre. Pero no lo fue. Porque cuando Lina vuelve de Europa, a los veinte años, es el apogeo del Estanciero. Un hombre rico y avaro, aunque no tanto como para que algo de aquella riqueza no las toque con su dedo dorado. El hombre rico tiene campos y los campos tienen plagas: los zorros. El hombre rico los caza con sus armas y, como es avaro, piensa en el aprovechamiento de las pieles. Es así como en lugar de regalarle a su madre un tapado de visón (conquista femenina culminante de aquellos tiempos), le regala uno de zorros, y en lugar de regalárselo de una sola vez se lo va ofreciendo de a retazos, piel a piel, de manera que mientras Lina recorre los países de Europa y acumula experiencias, la madre acumula pieles en el ropero, las envuelve en papel de seda y las protege con bolitas de naftalina hasta que por fin, descartando las que están demasiado destrozadas por los balazos, suman treinta, y el peletero le dice ahora sí, y le hace un tapado que Lina recordará como el mejor tapado que tuvo su madre en la vida.

Ese mismo año, junto con el tapado, aparece la pistola calibre 22.

Tengo que matarme, dice la madre. Esto sucede unos días antes del examen sobre la columnata del Bernini. Para ser precisos, la misma mañana en que Lina ha desembarcado y está de regreso en su casa, abriendo las valijas y ordenando la ropa en su cuarto. Tengo que matarme, ayudáme Lina, dice, y empuña con una mano blanda la pistola, como si se hubiera cansado de repetir inútilmente aquel gesto.

¿Ayudar? ¿Cómo se ayuda a una madre a matarse? ¿Se le levanta el brazo y se le ubica la mano empistolada contra la sien? ¿Se aprieta el gatillo de a dos? ¿Se la anima con palabras: a la una, a las dos y a las tres? ¿Se le saca la pistola de la mano blanda y se le dispara con firmeza, apuntando al corazón?

Después se siguen doblando suéters y camisas, colgando la ropa en perchas, ordenando papeles. Como si matar a una madre fuera tan fácil como matar a un zorro.

Lina ha escuchado con admiración cómo su amiga Adriana dice que es peronista. "Y no tengo ganas de explicar por qué", agrega después, sin vacilaciones, frente a los ojos exigentes de los otros. Ella no tiene ganas, no necesita explicar nada a nadie, es peronista, simplemente es así, y lo mira al otro con una altura que crece con su belleza, porque Adriana tiene un cuello alto y unos ojos color uva, y a su belleza se suma un desprecio casi amoroso que lo reduce al otro de un plumazo, lo abate en el rincón de los débiles, de los pobres de espíritu, de los que carecen de esa fortaleza, de esa creencia salvadora, de esa gracia.

Ahora Adriana está saltando y también Lina. Y Graciela, sin duda, aunque ellas dos ya no puedan verla. Lina salta y siente su bolso de red saltar con ella, el llavero, los libros, la agenda golpeando contra su cadera. A su lado muchas otras cabezas suben y bajan frente a la casa de Gaspar Campos, las manos en alto marcando la V de la victoria, un viento ligero despeinándolos, agitando los carteles y las hojas de los árboles, árboles de copas altas, de jardines cuidados y podados, de hojas muy verdes, porque es primavera, hay olor a naranjas en el

aire, y todo parece plegarse a ese movimiento armónico y go-
zoso donde no está presente el miedo. Sin embargo, Lina ve la
escena en cámara lenta, su figura aparece pintada de otro color en el conjunto, podría recortarla y dejar en su lugar la si-
lueta de un vacío, como se hace con ciertas fotos de las que se
abomina, porque es inútil, por más que repita el que no salta
es un gorilón, aquella vibración la deja afuera, el hombre que
se asoma al balcón no le produce ninguna alegría, ninguna
emoción. Por más que salte y levante los brazos, por más que
grite junto a los demás, aquel hombre sigue siendo un viejo,
con algo repugnante en la piel, unos ojos mezquinos, unos gestos de los que desconfía, no le es dado a ella quererlo, ser su
hueste, dar la vida por él. No. Lina intenta alejar estos pensamientos, como cuando era chica y se imaginaba la herejía de
Cristo cagando, pero como entonces, cuanto más los rechaza,
más burlonamente se instalan en ella. Cristo sigue cagando. Y
entonces minga dar la vida por ese viejo picado de viruelas,
minga beber como miel sus palabras, tolerar la corte de los mi-
lagros que lo acompaña, la cabaretera, los perritos, los muca-
mos, minga ser su brazo armado, su juventud maravillosa, su
música, su pueblo, por más que ahora, como a muchos otros,
se le caigan las lágrimas, igual de saladas, pero lágrimas frígi-
das las de ella, de helada decepción, porque una vez más ve pasar la vida detrás de la ventana, está separada, fuera de la esperanza que parece abrazar a todos, hacerles brillar los ojos de
coraje, tensar sus cuerpos, embellecerlos con la belleza incuestionable de quienes sí creen y están dispuestos a dar la vida.

¿Se podía, después de aquello, en la misma tarde, descon-
centrarse, tomar el 60, ir discutiendo junto a un compañero,
el más lúcido y prestigioso de sus compañeros, acerca de la
síntesis de las contradicciones, aprobando Lina con gestos

afirmativos o dubitativos, según el caso, esforzándose por
comprender cada argumento de una sola vez, era posible, pre-
gunto, llegar hasta su casa, subir en el ascensor, sacar el llavero de la bolsa de red, abrir la puerta y encontrarse frente a una
bruja? ¿Es decir, frente a una mujer con un bonete puntiagu-
do desde cuyo extremo caía una tela de tul negro con motitas
de colores? ¿Una mujer que llevaba en la cara una enorme y
jorobada nariz de goma? ¿Podían dos adolescentes que discu-
tían sobre materialismo dialéctico quedar congelados en la
puerta tratando de unir hechos de tan diferente calibre?
¿Oyendo cómo detrás de la enorme nariz y a través de los tules emergía una risa burlona, insoportablemente estridente?

Sí, podía ser. La madre de Lina tenía debilidad por los
disfraces y los chascos, conocía y frecuentaba el Bazar Yankee
de la calle Bartolomé Mitre, difundía la milanesa de goma, la
copita chorreadora, el jabón negro, el pedófono. Entonces
también podía ser que aquello que se veía sobre una silla donde su compañero estaba a punto de sentarse fuera efectiva-
mente un sorete. De forma tal vez demasiado enrulada y perfecta, pero con la textura y el color indubitables de un sorete
fresco. Y confirmando lo que para los ojos era claro y distinto, ¿podía ser que la semi-bruja, que ya se había sacado la nariz de goma para mostrar la propia, verdadera y perfecta, pero que conservaba aún el bonete y los tules con las motas de
colores, exclamara horrorizada qué barbaridad chica, qué te
ha pasado, qué comiste, y el amigo brillante, de ideología me-
ridiana, se quedara tartamudeando frente a la risa de la madre
y se despidiera a los tropezones, dejando tras él a una Lina ex-
plotando de indignación y desconsuelo? Sí, podía ser. Todo
eso podía suceder por aquel entonces, en una misma tarde.

—Ojalá mi madre, en lugar de disfrazarme a mí de Pavlova todos los años, se hubiera disfrazado ella alguna vez de algo —se lamenta Laura—. O lo hubiera enfrentado al tano. Pero no. Ella era todo lasagnas, amor y sacrificio.

—La mía, en cambio, persiguió a mi padre durante muchos años —dice Lina.

—El odio es más imaginativo que el amor. Lo leí en alguna parte —dice Laura.

—Lo que es seguro, es que es más resistente. Aunque no creo que lo de ella fuera simplemente odio —dice Lina—. Tal vez fuera juego. O invención para nutrir otros amores.

La sirvienta me atendió por la mirilla. Soy del Ministerio de Educación, le dije, y le mostré mi carné del Náutico. Me abrió enseguida, pero me atajó en el hall. Era una paraguayita primitiva de ojos minúsculos y cara de asustada. Le expliqué que estábamos haciendo una encuesta educativa. Me miró azorada. ¿Usted es aborigen?, le pregunté. La mujer no me entendió. India, le aclaré. ¿Usted no es una india del Paraguay? Misma cara de azorada. ¿Cómo se llama? ¿Habla español o guaraní? ¿Cursó estudios? Saqué una libreta como para anotar y avancé hacia el li-

ving. Bueno, con usted ya terminé, le dije. Pero se quedó planti-
ficada al lado mío. No le sacaba los ojos de encima a mi foulard
de visones. ¿Se reconocerían, de animal a animal? Porque era
evidente que el miserable acababa de traerla de la selva. Ahora
concéntrese, le dije. ¿Cuántas personas viven aquí? Por fin con-
seguí sonsacarle algo. Están entre dos, me dijo. El señor y la seño-
ra. Cuando vienen las hijas, están entre cuatro. Usted confunde
el verbo ser con el verbo estar, le dije, pero vamos a dejarlo pa-
sar. Ahora tengo que revisar la biblioteca. Mientras tanto, hága-
me un té, le pedí, y conseguí fletarla a la cocina. En cuanto me
di una vuelta por el living la descubrí: "La señora". Fotos de la
putita por todos lados. No vale nada. Encima se la da de deco-
radora: por donde uno mire está lleno de detalles de mal gusto.
Affreux.

Le hice unos cuantos retoques a las fotos y recuperé algunos
libros. Después le pedí a la selvática que me dejara pasar al ba-
ño. El cuarto de ellos estaba justo al lado, así que también pude
dejarles los souvenirs que tenía preparados. Le doux plaisir de la
vengeance.

Querida Negra: no quiero decepcionarte, pero yo también tengo esos arrebatos de dominar la naturaleza. De encerrarla en una maceta, como a un genio en su botella. Incluso he corrido riesgos para hacerlo. Hace pocos días nos metimos en el mato, Celina y yo, sin pensar en las víboras ni en los zumbidos cada vez más estridentes que se oían —no había más que intentar imaginarse los insectos correspondientes para salir huyendo— y sin embargo, nos metimos bien adentro, con unas bolsitas de nailon y una pala, como si fuéramos al supermercado de la esquina, y después de admirarnos frente a la increíble cantidad de helechos diferentes que crecen allí, elegimos algunos, los arrancamos con la pala y los trasladamos en sus bolsitas. Celina a las macetas de su casa y yo a las del barco, que es mi casa. Pensándolo bien, hicimos lo mismo que los millonarios de Angra, sólo que ellos en lugar de macetas tienen morros enteros y los pelan o los esculpen, los diseñan a franjas, a lunares, versallescos o con céspedes a la inglesa, cualquier capricho es posible. Se diría que cuanto mayor el desborde de la naturaleza, mayor la pretensión de someterla. Como ves, todos somos vecinas de Villa Urquiza, todos, al fin y al cabo, devotos del enanito de jardín. No sé con qué derecho me irritan los que se quedan boquiabiertos cuando les digo que vivo en un barco. Esa mi-

rada encandilada frente a lo que creen que es otra vida. Como si no hubiera que mantener el puto barco, lijarlo y pintarlo, luchar contra la corrosión del salitre. Vomitar de tanto exceso de mar y cielo hasta agradecer el cachetazo salvador del Capitán. Vivir en espacios tan reducidos. Él es un gato, ya lo sabemos. Y yo qué. ¿Una jirafa voluntariosa? ¿Justo yo que soy tan alta y torpe aprendiendo a vivir encogida, a sortear la botavara sin romperme la cabeza, a subir y bajar por esas escaleritas, a cocinar en sesenta centímetros cuadrados sin golpearme los codos ni las rodillas ni los tobillos? Con lo que volvemos al tema de la maceta. Yo resulto ser mi propio bonsai y, perdonando el abuso, tal vez todos nosotros, el universo entero, con sus planetas, sus satélites y sus agujeros negros, quién te dice, una humilde maceta de la mujer de algún dios, colgando de su balcón. ¿Y el capitán y yo, dos bichos empeñados en recorrer la maceta de punta a punta?, ¿para comprobar qué?

Ya sé que me pongo un poco idiota y cruel y retórica cada vez que te escribo. Pero al menos las cartas pueden salvarse del destino bonsai. Eso de aprender a vivir con "lo imprescindible" no me resulta fácil. Porque ¿qué es lo imprescindible? En el armario del camarote de un barco, por ejemplo, dos buzos y dos pantalones abrigados para el invierno. Aunque más imprescindible todavía sería uno y uno. Y justo ahí está el pulóver celeste de Graciela, el que robamos juntas en el Corte Inglés. ¿Es imprescindible guardarlo de recuerdo? Acaso no nos acordamos igual de que ella debería seguir viva, haber usado otros pulóveres, haber robado juntas otras cosas, aros, cinturones, faldas, pasar de moda en moda como nosotras hicimos, haber dejado después de robar, porque uno se vuelve razonable, deja de robar, cualquier día se decide y llena una solicitud para que le den una tarjeta de crédito, tarjeta que después uno guarda en la billetera junto a las fotos de los que quiere, y la exhibe con algo de repugnante orgullo, no digas que no, y entonces cualquier vendedora del Corte Inglés te recibe con una sonrisa y te entrega con reverencia docenas de pulóveres mucho más deseables y caros que el celeste que compartimos y que todavía sobrevive aquí en mi closet. Claro que sin la emoción estremecedora de aquella mañana en que nos metimos juntas en un probador minúsculo, y después de decidir quién tenía la cara menos sospechosa de la tres, se lo enrollamos a Graciela debajo de la pollera lo mejor que pudimos y salimos pálidas y temblorosas de allí, atravesamos los salones esperando con pavor, de un segundo al otro, el mazazo de una mano o una voz acusadora, hasta llegar, increíblemente a salvo, las ladronas argentinas, a las puertas de la tienda, trasponerlas, sentir en la cara el aire fresco de la liberación, seguir avanzando con el corazón al galope por la calle de Preciados, dejar atrás el peligro y festejar al fin a las carcajadas, saltando y revoleando el suéter como una bandera, la indecible alegría de haber cagado al Corte Inglés, a la guardia civil española, a nuestros mayores y a los preceptos latinos de "la pietas, la gravitas y la dignitas", que el profesor Bassets nos enseñó en quinto año del nacional para que supiéramos cómo conducirnos en la irremediable vida de adultos que nos esperaba al final de aquel viaje.

Me puse lo primero que encontré, eso había dicho Graciela en el bar, la última vez, después de meses de no verse.

Nada de símbolos ni de sentimentalismos a esa altura de las cosas. A esa altura de las cosas imposible hablar, sólo mirarse alternativamente, escenas pasando como flashes de los ojos de una a los ojos de la otra, la serenata de Santiago de Compostela, el ridículo profesor de botánica, Zorba el Griego, los pies hinchados, la fiesta en lo de Feldman... Después levantar los hombros, decir algunas frases entrecortadas. Y por fin verla irse, desaparecer en una esquina, con el pulóver celeste y con todo sin decir. Lista para el sacrificio. "Si digo estar vivos quiero decir casi morirse."

Tomás corre sobre una superficie blanda e irregular. ¿Qué es lo que va pisando? ¿Quién lo persigue? Cuando está por precipitarse en el pavor de la revelación, es expulsado bruscamente de su pesadilla —piedad o cobardía de los sueños— y se despierta jadeando en el cuarto de la calle Schiaffino.

Sueña muchas veces con el miedo. Un miedo del que había aprendido a distinguir algunos matices. Una cosa era correr en una manifestación, rodeado por el grupo, gritando asesinos, asesinos. Ahí había emoción, calor, adrenalina. Otra cosa era ir saliendo de la facultad, de a uno, entre dos hileras de policías, sabiendo que alguien iba a quedar como rehén y pensar me va a tocar a mí. Eso ya era algo más parecido al miedo. Apenas un principio. El anticipo de la lenta y letal acumulación que conoció más adelante. Paladas de miedo pesando sobre su pecho hasta dejarlo a veces hundido en la cama, incapaz casi de respirar. Había conocido también un miedo agudo, electrizante, el que te asaltaba por la espalda después de un momento de olvido. Otra cosa era el terror, el descontrol del cuerpo, mearse y cagarse encima, volverse loco, desear morirse. Los últimos peldaños del horror, presentidos en las pesadillas, en los gestos, las palabras y las suposiciones, en las historias de otros. El límite que Tomás no había alcanzado y no se creía capaz de alcanzar.

(Su niñez, su adolescencia, habían sido esencialmente pacíficas, sus experiencias de violencia eran pobres, casi risibles. ¿En qué cuerda vital podría haber sostenido Tomás aquel miedo radical, contiguo a la muerte? La pura convicción intelectual siempre le había parecido insuficiente.)

Tomás sueña con aquellas reuniones interminables. El humo y el sudor. La angustia de no tener retorno, de no poder poner ya ningún límite. Porque otros dan la vida. Si otros dan la vida, cómo se podía estar midiendo, calculando mezquinamente, folletos sí, armas no, heridos sí, muertos no; si otros dan la vida, como podía él graduar su entrega, decir hasta aquí llego, aquí me quedo. Era necesario, en cambio, recibir y empujar a los nuevos, repudiar el miedo, alimentar el sueño del heroísmo, del compromiso a ultranza. Tomás se había desgarrado en sus contradicciones hasta que la misma violencia de los acontecimientos lo había despedido hacia fuera, tan arbitrariamente como podría haberlo destruido en su interior.

Hoy sos vos el responsable, le dice Juan M.

Cuando los milicos cargan, Tomás corre gritando consignas, señala a los suyos la salida convenida, pero el grupo se desbanda, Tomás los pierde, mira a su alrededor y no ve ninguna cara conocida. Una chica corre desbocada junto a él, tropieza, él la ataja antes de la caída, la toma del brazo y la arrastra en su carrera, la hace doblar por Bartolomé Mitre, entrar por el portal de un edificio destartalado, refugiarse contra una pared que ha quedado en sombras, y quedarse allí muy quietos los dos, recuperando el aliento. Los techos son altos, hay olor a hollín y a pis de gato, la chica tiembla de pies a cabeza y Tomás la abraza, el pelo de ella huele a talco, a colonia, es un olor casi infantil y siente Tomás, en aquel momento, una ternura de hermano y también una súbita pasión, como si aquel cuerpo se correspondiera exactamente con el suyo. Es muy largo el abrazo hasta que al fin entran tres compañeros que los empujan, vamos dicen, y la chica se desprende de él. Mientras se aleja, él ve sus zuecos de altísimas plataformas de corcho, no puede impedir el asalto del absurdo, semejantes zuecos para correr en una manifestación, y se ríe Tomás, y la chica corre, se aleja hacia la oscuridad y se pierde entre los últimos grupos aislados que se dispersan. Tomás también corre, mira en todas direcciones, la busca, pero sólo distingue con claridad algunas nubes de humo blanco diluyéndose en el haz de luz de los faroles y papeles grises en el suelo, arrastrados por el viento, entonces, de alguna manera difusa, después de haber gritado hasta quedarse sin voz *Perón, Perón o muerte,* siente que también esta es una forma solapada de muerte, esta chica a la que no va a volver a encontrar nunca más en su vida, aunque algunas veces, muchos años más tarde, haya vuelto a percibir su presencia, porque así como sueña con las reuniones interminables, a veces ha soñado también con aquel encuentro, con el olor a colonia o a talco que había en el pelo de aquella chica.

Valeria no había ido a saltar a Gaspar Campos, no había sentido la compulsión de militar, la vergüenza de la frigidez política, no hablaba ella del tercer movimiento histórico, del protagonismo de las clases humildes, de la necesidad de "proletarizarse". Ella, al muchacho humilde, lo conoció en un baile y se fue a vivir con él al campo, sin agua caliente, sin calefacción, con probables vinchucas.

La última vez que vino a Buenos Aires no tenía ni un diente. Estaba envejecida, la piel grisácea, el pelo engrasado y tirante, atado con una gomita.

Regarde, dice la madre por lo bajo, mira fijamente a Valeria que aparece en el palier y le da, a Lina, que está alelada junto a ella, unos apretoncitos nerviosos en la mano. Después, sin soltar todavía el picaporte de la puerta de entrada, retrocede, todo su cuerpo se estremece y retrocede, tal vez ni siquiera haya dado un paso atrás, en todo caso no ha dado ninguno hacia adelante y esto es lo decisivo para Lina, que ve el horror de la madre reflejarse fugazmente en los ojos de Valeria. Es apenas el nacimiento de una espera, una espera que le aclara los ojos a Valeria y se retrae, obediente al aprendizaje infligido en la infancia, se retira con la velocidad de los instintos vaya saber hacia qué remoto lugar donde el alma o las células depositan su dolor. Y así están las tres, inmersas en el agua común de la memoria, reconociéndose y desconociéndose, absorbiendo esos imperceptibles movimientos de la desdicha, en silencio, inmóviles, en el vestíbulo diminuto del departamento de la calle Juncal, hasta que Lina consigue desprenderse del hechizo, no perdona la lentitud de sus reflejos, ella también paralizada, replegada de idéntica manera que Valeria, o de idéntica manera que la madre, pero rompe filas, al fin, Lina, da un paso al frente y abraza a su hermana. La cara de Valeria está impávida y fría, lista para recibir, ahora sí, la catarata de preguntas, las frases formales que no alcanzarán ni por un momento a ocultar la espantada herida de la madre.

Un año después suena el teléfono y deposita su huevo de muerte. Las fallas cerebrales están relacionadas con el corazón. El corazón revienta. O una arteria en el cerebro, vaya a saber. Habría que hacer una autopsia para saber, abrirla de arriba abajo, para saber. Remover sus vísceras con pinzas, cortar con tijeras, volver a coser. Cualquiera se conforma así con suponer que ella se levanta, va hasta el patio-gallinero a buscar un ovillo de lana, o un vaso de agua, en aquella casa puede ser así, el orden natural de las cosas está un poco trastocado, mientras en la tele, en el programa ruidoso que todos siguen, una mujer está por cortar una manzana: si lo hace por su justo medio ganará mucho dinero. Y entonces, mientras la mujer acerca el filo del cuchillo a la fruta, entrecerrando los ojos, calculando, en el gallinero, sorpresivamente, o tal vez con un brevísimo preámbulo, unos segundos de extrañeza o de revelación, cómo saberlo —la autopsia tampoco podría asegurarlo— llega el instante preciso en que algo revienta, la derriba sin los dientes contra las baldosas heladas y Valeria cae entre las gallinas que revolotean apenas espantadas. Nadie advierte el ruido. Todos atentos al tajo que divide la manzana y que lamentablemente no ha sido justo. Una de las mitades parece llevarse la mejor parte, y la improbable felicidad se ha escurrido otra vez entre los dedos. Sólo entonces la tardanza despierta curiosidad. Y la descubren, a Valeria, los ojos tan fríos como las baldosas, las gallinas, ya habituadas a su presencia, dando sus pasitos eléctricos alrededor del cuerpo, picoteando sus granos de maíz aquí y allá. Cagando. La arrastran hasta un sillón pero a Valeria la yugular ya no le late y no hay nada que hacer. La manzana ha caído del árbol, sólo queda esperar ahora que su piel se agriete y su carne se disuelva.

Mañana tras mañana Dolly ha denegado las preguntas angustiosas sobre el pago del sueldo. Pero un día anuncia que ofrecen, como consuelo, ropa nueva de un canje fallido. Y así es como Laura, Lina y Rocky, el joven armador de la sala de arte, llegan una tarde hasta un depósito en desuso de la calle Esmeralda, empujados por el constante retroceso de la economía del país.

—El viejo trueque —dice Rocky.
—El trueque del canje —aclara Laura.
—Del canje rebotado —completa Rocky.

La luz está cortada y deben entrar a tientas, esquivando bultos y percheros, hasta que consiguen abrir a medias la única persiana del lugar.

—Nosotros podemos ser más benignos que los canales —dice Laura—. Sobre todo, si nos fumamos un porro —agrega.

Entonces saca de la mochila una cajita con dos porros, enciende uno y lo pasa.

La ropa está apretada en varios percheros. Es, en su mayor parte, ropa de hombre. Alta costura, pero modelos ligeramente pasados de moda. Solapas un poco más anchas de lo aconsejable. Cortes demasiado entallados. Telas de buena calidad pero con un tornasol o un estampado dudosos.

Pese a todo, la abundancia produce un efecto de euforia. Un incontenible impulso de saqueo.

Bajo la luz declinante de la tarde, Laura, Lina y Rocky hacen correr ansiosamente las perchas de los barrales. La actividad es febril. Descuelgan, miran, vuelven a colgar, se entusiasman por momentos, después descartan y siguen buscando, se prueban pantalones y camisas, impermeables, suéters, trajes de baño. Como no hay espejo, se miran entre ellos, se ríen a carcajadas, es muy poco lo que se salva de la desaprobación común y una pila de ropa se va formando a sus pies. Después de un rato, reconsideran algunas prendas. Especulan con reformas. Eligen regalos para tías y tíos lejanos, para primos pobres o provincianos. Cuando la luz que entra por las persianas se vuelve demasiado débil, encienden una vela que encuentran en el baño y se sientan, desanimados, en el suelo.

—Es como el frasco de las monedas —dice Lina—. El suplicio de Tántalo.

El frasco de las monedas estaba dentro del ropero fragante de su madre, era tal vez uno de los tesoros más preciados, junto con las cajas de chocolatines Nestlé. Cien chocolatines Nestlé de marquilla roja y letras doradas. El frasco debió haber sido de caramelos o de marrón glacé, conserva una lejana huella de dulzura con su cinta de terciopelo y su moño. Su madre lo usaba para guardar monedas. Y las monedas tenían entonces su valor. Meté la mano, decía ella, y sacá todas las que quieras. Monedas de diez, de veinte y de cincuenta centavos. Lina metía la mano y empuñaba una gran cantidad. Las orejas le ardían de emoción al contacto de semejante fortuna, podía sentir entre los dedos tensos la forma redonda de las monedas, sus bordes dentados, el choque de una contra otra. Una sensación de poder que prolongaba cuanto podía, manteniendo la mano apretada, porque sabía que después había que renunciar. El frasco era ancho, pero tenía boca angosta. Para sacar la mano había que ir soltando monedas, adelgazar el hueco del puño cada vez más hasta que al fin la mano salía del frasco con un pobre botín de apenas tres o cuatro monedas, lo que provocaba la risa divertida de la madre.

Fue Valeria un día, la tonta de Valeria, la que había hecho la genialidad. Mientras ella, Lina, se sometía cada vez al mismo juego decepcionante, su hermana, la que tenía vegetaciones y ortodoncia, la mala alumna, la que se dejaba tocar por el florista, ella, había descubierto su huevo de Colón.

Todas las monedas que quiera, pensó Valeria. Y ella quería todas. Entonces hundió la mano en el frasco y se la llenó de monedas. Después dio un puñetazo sobre la mesa. Los vidrios saltaron por el aire y Valeria levantó triunfal el puño ensangrentado, el puño que supo conservar toda su fortuna, chorreando sangre hasta el codo.

Laura enciende el segundo porro y le da una pitada interminable. Es como las tetas de la zia Palmina, dice Laura, con la voz estrangulada por el humo picante que retiene en los pulmones.

Si querés ser como tu zia Palmina, me decía mi madre, tenés que comer. Y me ponía en la mesa un plato lleno de hígados de pollo hervidos. Mi zia Palmina era una mujer rozagante. Con unas tetas hermosas. *Zia, zia, mi fai vedere le tette,* le decía yo. Ella me las mostraba y yo, que era transparente y estaba siempre a punto de desaparecer, me quedaba hipnotizada. Entonces me comía esa asquerosidad y soñaba con alcanzar algún día aquella manera tan contundente de ser, aquellas dos, Laura hace gestos en el aire, como si esculpiera, con los ojos lánguidos, busca la palabra imposible, ¿cumbres, monumentos, ánforas de miel?

A los cuarenta años podés no tener talento, ni guita, ni un hombre que te ame, pero si te abrís la blusa y te encontrás esas dos maravillas...

Lina niega con la cabeza.

No hay tetas que te salven del deseo de cierta nariz, ni nariz que te salve del deseo de cierto pelo, ni pelo que te salve del deseo de cierta mirada, siempre un paso más allá está la felicidad, siempre un paso más allá de las tetas de la zia Palmina.

Cuando Laura decide irse, melancólica y cargada de bolsas y carpetas, ya casi no entra luz por la ventana del depósito de Esmeralda.

Lina y Rocky se han quedado a terminar el segundo porro, Lina con un enorme impermeable de color verde turbio, Rocky con una bermuda a rayas amarillas y violetas.

De todas maneras, a la luz de la vela, los colores se vuelven más discretos. El porro también ha hecho su efecto, todo parece sumergirse en un espesor acolchonado y tibio donde el tiempo se desvanece, salta de secuencia a secuencia, dejando espacios en blanco. Por ejemplo, ¿cómo es ahora que Rocky le está acariciando la mano? ¿Cuándo se inició ese contacto? Lina no lo sabe, pero súbitamente adquiere una conciencia extrema de la presencia física de Rocky. Porque ha bastado con esa caricia sobre la mano para que el universo entero se concentre en ese gesto. El solo contacto de la mano pasando suavemente sobre su brazo levanta una legión de sensaciones minúsculas que se van sumando como olas hasta formar una ola altísima que la marea de placer. Toda la piel está alerta y el deseo de tocar se vuelve tan irresistible como el de ser tocada. El tiempo se sigue estirando deliciosamente bajo la conciencia aletargada de Lina. Pero poco a poco, a medida que el cuerpo se revela, la conciencia se despierta, se desprende de él y vigila sus movimientos con una curiosidad despiadada de *voyeur*.

Sin alterar el crecimiento inexorable del placer, Lina puede contemplar ese cuerpo suyo respondiendo a leyes que le son ajenas. Cada parte parece estar enlazada con otra. Como un títere articulado, bastará con tirar de un hilo aquí para provocar un movimiento allá, en otro extremo impensado del mismo cuerpo. Una acupuntura erótica, donde el entrecruzamiento de hilos tiene sentidos precisos, acaricie con la yema de los dedos el antebrazo, y provocará el erizamiento del pezón, bordee la areola y provoque una vibración del clítoris, roce con los labios la curva del cuello y desencadene una descarga eléctrica a lo largo de la columna, y así hasta que todos los puntos se activen y multipliquen sus efectos. El cuerpo arrolla entonces con la conciencia. Con su soberbia. El cuerpo se vuelve un solo latido, un ruego. Pero atención. La conciencia se recupera, ayudada por la torpeza de él, una torpeza que podría dar ternura pero que sobre todo irrita, la conciencia se vuelve decididamente maligna, tanto persistir en el lugar inadecuado, unos milímetros más acá o más allá la dejarían definitivamente nocáut, ella se acomoda entonces bajo el cuerpo de Rocky, le lleva la mano como a un chico, está casi tentada de dar instrucciones precisas, cómo se puede adivinar sino cada capricho, lo que antes debía ser de una lentitud oriental, ir dejando caer una a una las pieles del deseo —el apresuramiento de un instante podría alterar esta delicadísima escala ascendente– de pronto se vuelve requerimiento inmediato, sostenido. La conciencia sigue avanzando, le asesta ahora la puñalada, el mensaje amargo, no querida, no será fácil encontrar un buen amante, un amante a la medida de tu desilusión, faltando el amor como afrodisíaco, la curiosidad de la juventud, el impulso de engendrar, faltando los estrógenos, sólo un virtuoso podría. Sin embargo, inesperadamente, las posiciones se invierten, el instinto se levanta intacto, poderoso como en el primer día de la creación, aquel ser que vive replegado dentro de ella –¿pantera, tigresa, leona?, todas las metáforas animales parecen venir en su auxilio–, salta de su madriguera, la deja atónita a Lina, desarticulada, sea donde sea que tiene su guarida, la increíble animalesa espanta con un rugido a la conciencia, avanza sin melindre alguno, no deja ni la menor hierbita de cortesía a su paso y, completamente desinteresada ya de a quien tiene delante o detrás o arriba o abajo, sólo quiere que ese alguien, o ese algo, avance y se arroje definitiva y frontalmente sobre el objetivo final, con la certeza de que desollaría a quien se interpusiera en el camino.

Rocky, jadeante, la mira, no puede creer que esa sea su directora creativa. Así es mi niño, lección número uno: todas las mujeres, todas, son asequibles, en todas habita la lujuria.

Cuando a la mañana siguiente Laura le dice que quiere hablar con ella, Lina se sobresalta. Cree que le va a hablar de su episodio con Rocky, que tendrá que dar explicaciones. Sin embargo, será la despedida de Laura.

Ya sabía Lina que tarde o temprano ella se iría. Cualquier persona se iría de esa agencia. Debería preguntarse por qué ella misma no se ha ido todavía. Si consiguiera responderse claramente a esa pregunta, podría entender unas cuantas cosas más de su vida.

Laura se va, no porque vayan a pagarle más. Simplemente, porque van a pagarle. La agencia que la ha llamado tiene cuentas del gobierno. Es un lugar asqueroso, le dice Laura. Hay que firmar una planilla cada vez que vas a usar una computadora. Pero a fin de mes sucede algo extraordinario: te pagan. Ese mismo día, Lina decide consultar su situación con un abogado.

En su cuarto de la calle Schiaffino, Tomás no abre los ojos, casi no respira, intenta retener el último hilo de un sueño. Pero las imágenes, las sensaciones, se van retirando. Tomás aprieta los ojos, intenta hundirse nuevamente en aquella materia huidiza, y lo hace con tanta fuerza que la puerta secreta se entreabre un instante y le devuelve un fragmento. Hay una mujer, hay algo de la dulcísima alarma de quien está enamorado. La sensación es fugaz. Apenas percibida, se disgrega.

La realidad, en cambio, se le revela con precisión. La mesa de luz, las cortinas, su valija escocesa sobre una banqueta, los contornos de las cosas quietas, qué manera salvaje de estar allí.

Tomás está ahora totalmente despierto. Era un beso, piensa. Un beso.

Cuántos años hacía que él no pensaba en besos.

Se ve caminando a lo largo de un muelle con su novia Cristina. Sabe que al regreso ya no será el mismo. Porque le ha jurado a sus amigos, y se ha jurado a sí mismo, que ese día, por fin, le va a dar un beso en la boca a su novia Cristina. No un beso Curita. Un verdadero beso, de acuerdo con la técnica que han repasado muchas veces con sus amigos. Hay que abrir la boca, meter la lengua entre los dientes de la chica, empujar, "igual que hacer un globo con el chicle", le dice Rodolfo. Si ella separa los dientes, ya está. Lo demás ya sale solo. ¿Solo?, pregunta Tomás. Claro, asegura Rodolfo, lo peor ya pasó. Después hay que mover la lengua adentro, no vayas a dejarla quieta, quieta ella se enfría y estás perdido, hay que moverla así, para adentro y para afuera, porque eso es lo que a ellas las vuelve locas, entendés, se les moja la bombacha, dicen, y ahí es cuando ya no se resisten más, entonces se dejan y eso ya es chupón.

El muelle es muy largo. A la derecha está El Ancla, un balneario popular. A la izquierda, el Centro Naval, donde él va los fines de semana con Cristina y las amigas de Cristina. A la derecha los patovicas que usan malla slip, y no short de baño, ni mocasines de Guido. La mersada. Ellos los miran desde el Centro Naval, como si fueran monos, mirá este, mirá aquel, dicen, y se ríen de esa manera desbordada en que se desata la risa cuando uno es muy joven. Los miran desde una misma orilla, pero desde arriba y desde aquel otro lado, donde esperando su hora se esparcen los pichones de torturadores, aprenden a timonear un snipe, se tiran desde el muelle de cabeza y de espaldas, invitan a las chicas a la fiesta de los guardiamarinas, juegan al truco, a la podrida, cantan la López Pereyra.

Allí estaba Tomás entonces. Parado en el muelle, de ese lado de la realidad. Libre todavía de su futuro. Inocente. Concentrado en lo que va a suceder, en lo que él va a hacer suceder en pocos minutos más, en un futuro palpable, casi presente, de tan cercano. Van callados, de la mano, Tomás y Cristina, su novia criolla, sabiendo que en el extremo del larguísimo muelle, está la caseta de guardia, asomada al río, en lo alto de una escalera solitaria y propicia. Hay que subir exactamente siete escalones y ellos tienen catorce años.

El olor del río es penetrante, pero dulce, el marrón no está asociado entonces a ninguna podredumbre, es todavía el inocente río color león, su fondo de barro.

Un velero atraviesa el canal, con las velas tensas.

Tomás y Cristina se besan bajo el mismo viento, el pelo de ella entre sus labios, después de una breve lucha para que la nariz de cada uno encuentre un lugar preciso en el poco espacio que queda entre sus caras inclinadas. Una dificultad que ni Rodolfo ni el resto de sus amigos habían alcanzado a prever, pero que ellos resuelven sobre la marcha. Y se besan. Se besan.

Tomás sube al ascensor repleto de gente. Su cara se adapta de inmediato a la de aquellos hombres y mujeres. En esa cercanía obligada, incómoda, repite esa expresión neutra, ensimismada, que sirve precisamente para ignorar toda cercanía, para decir estamos aquí a centímetros uno del otro, pero no nos asustemos, es sólo circunstancial, no vamos a atacarnos ni a besarnos salvajemente, evitaremos todo roce, toda mirada frontal.

Tomás mira hacia abajo, sus manos aprietan con fuerza innecesaria una carpeta gris. Ya está, piensa, ya firmé. Con ese gesto automático liquidó los restos del pasado. Sin embargo, aquel departamento seguirá existiendo. Sus paredes y su techo y su piso de roble estarán allí para cualquier otro que lo ocupe. Podrá perdurar cien años, doscientos años, mil inclusive y no haber desaparecido. Los muebles también. Es asombroso, la gente, su recuerdo, es más frágil que la materia. ¿No quedan marcas? ¿Huellas de la historia personal sobre la madera, los revoques, los picaportes de bronce? No. Qué estupidez. Sólo partículas, moléculas atrayéndose y rechazándose, constelaciones de átomos perversos, atentos solamente a la complejidad de sus movimientos.

Tomás desciende desde un noveno piso mientras Lina, en la planta baja, espera alguno de los dos ascensores del edificio para subir hasta el séptimo donde tiene su oficina el abogado que le han recomendado. Si el ascensor en el que viaja Tomás no se hubiera detenido en el segundo piso, si la mujer pelirroja que lo ha hecho detenerse se hubiera demorado unos segundos más en su oficina, Tomás hubiera chocado con Lina en la planta baja. Pero no ha sucedido así. El segundo ascensor del edificio llega a planta baja antes que el ascensor donde va Tomás. Así, en el mismo momento en que Lina sube al ascensor "A" y aprieta con indiferencia el número 7 de la botonera, Tomás desciende del ascensor "B" y sale a la calle, un poco desorientado, luchando contra una creciente sensación de vacío.

Ya nada lo retiene en Buenos Aires.

Camina por la calle Uruguay hacia la Plaza Lavalle. Se siente liviano, pero no es una sensación placentera, es más bien angustiosa, una levedad que podría hacerlo desaparecer en el aire. Aquel departamento de la calle Canning era un ancla. Aun sin saberlo, aun secretamente, todos sus caminos tenían un punto de partida, un referente: más lejos o menos lejos de la calle Canning. El mundo entero se ha ordenado de acuerdo con esas coordenadas personalísimas. Cualquier calle de Londres, de París, o de Méjico, ha estado encuadrada en relación al eje longitudinal de la calle Canning. La calle Heinrichstrasse, en Berlín, trece mil kilómetros al norte de la calle Canning. Coburn Street, en Londres, lo acercó un par de miles de kilómetros a la calle Canning. El Paseo de la Reforma, en Ciudad de Méjico, fue una gran ventaja respecto de Europa. Y lo mismo Lincoln Road, en Linnville, a unos ocho mil kilómetros de su calle Canning. Si él no se ha perdido en el mundo, si tiene facilidad para orientarse y adaptarse, es porque dentro de él hay ese surco inicial organizando los puntos cardinales de su vida. La calle Canning en Buenos Aires. Buenos Aires en la Argentina. Argentina en Latinoamérica. Latinoamérica en el sur del hemisferio. Y así sucesivamente, hasta llegar al borde del universo tal como Stephen Dedalus lo había escrito en la primera página de su cuaderno de clase.

Él, Tomás Albrecht, acaba de perder el centro de su dédalo.

Cuando llega a la Plaza Lavalle, se sienta a la sombra de un gigantesco gomero. El sol pasa entre las hojas entrelazadas, hace dibujos claros sobre sus manos y su traje. Entonces aparece un recuerdo desconocido. Él ha estado sentado con su madre, una tarde de sol, bajo un árbol similar. Tal vez ese mismo gomero. O una magnolia. Su madre le abrocha el tapado con cuello de terciopelo negro. Tomás siente la incomodidad del último botón contra la garganta. Corre un viento fresco, su madre lo acerca a ella tirando del tapado, *meinSuber*, le dice, usted ya es un hombrecito, este año va a empezar la escuela primaria. Él siente la importancia que confiere la madre al momento, y hay olor a jazmines o a magnolias en el aire.

Tomás mira a los chicos jugar, el tobogán descascarado, el subibaja que le oculta y le muestra alternativamente un sector del pasto, hay una mujer joven que lee en un banco, más allá un viejo tomando sol y una mujer que teje. Él, bajo el gomero o la magnolia, sentado junto a esas monstruosas raíces, se ha quedado sin fuerza y sin pensamientos. Tal vez deba dejar que este proceso cierre en Buenos Aires. Un perro se acerca hasta sus pies. Lo huele y empieza a morderle los zapatos, como si fuera un objeto abandonado.

Tomás reacciona, se levanta, se sacude los pantalones y cruza en diagonal la plaza para tomar Talcahuano. A la altura de la copa de los árboles, de la mirada plana de las estatuas y de los techos del Colón, la ciudad está tan linda. Pero si mira hacia abajo, Tomás ve las latas aplastadas, las bolsas de nailon, los papeles retorcidos, los puchos que siembran el pasto. Y un grupo de mendigos jóvenes, tirados en el suelo, tomando cerveza.

Cuando llega a Santa Fe, dobla a la izquierda y se deja ir hacia Callao lentamente. Es la hora central de la tarde, en que muchas mujeres desocupadas salen a hacer compras o a encontrarse con amigas. Tomás va reconociendo entre ellas a las rubitas de su adolescencia, chicas de Barrio Norte radicalmente aborrecidas, pero deseadas e inalcanzables, ahora sin sus polleras tableadas de colegio inglés, sus cruces provocativas, su pelo lacio, su arrogancia, ahora mustias, aburridas de mirar durante tantos años las mismas vidrieras, domesticadas por casamientos, partos, cumpleaños o bautismos. Sin embargo, todavía no se ha detenido definitivamente la rueda del deseo. Tomás lo percibe en el sesgo de algunas miradas.

Antes de llegar a Callao, ve a una mujer hermosa frente a una vidriera. Ella mira zapatos y carteras y Tomás la mira a ella. Le mira la boca, las comisuras de los labios, allí es donde se concentra su belleza. Dos curvas que ascienden desde la boca, avanzan con gracia por las mejillas, iluminan las sienes. Así al menos le parece a Tomás, hasta que la mujer avanza unos pasos, mueve la cabeza en un gesto apreciativo, práctico, son demasiado caros para mí, estará pensando, o ya tengo unos así, del mismo color. Y entonces se rompe el encanto.

Lina se pone dócilmente en manos de su abogado. Cumple como una autómata con cada directiva. Llevarse todos sus efectos personales de la agencia. No reclamar más su dinero. Evitar discusiones. Desaparecer un día discretamente y enviar la carta documento que él le ha redactado.

Y así, en el lapso de pocos días, Ceretti, Dolly, Martínez, Rocky, los cuatro años transcurridos en esa agencia, se disuelven con una facilidad asombrosa. Pero se reabren para Lina las angustiosas preguntas sobre el futuro. Sabe que las ofertas de trabajo, como los estrógenos, se irán retirando inexorablemente.

Tenés el estrógeno por el piso, dice Clarita, y vuelve a guardar las hojas milimetradas del análisis dentro de su sobre. Como para no llorar por lo del colectivo, agrega después, mirándola con afecto.

La sola mención del tema hace que a Lina se le llenen los ojos de lágrimas. Así como los mozos tienen un particular talento para no ver a quienes les hacen gestos ansiosos desde las mesas, los choferes de colectivos gozan, según Lina, de esa exigua libertad que les da la vida: ellos tienen el volante y pueden decidir no parar, seguir de largo frente a la nariz de una mujer como ella, desesperada por llegar al centro, y abandonarla sádicamente, vociferando en la esquina solitaria de un barrio, volviéndose chiquita, insignificante, hasta coincidir exactamente con su verdadera dimensión, y desaparecer. Alguna vez se dejará aplastar por un colectivo, piensa Lina. Se plantará con los dos brazos en alto, en el medio de la calle Giribone, y que el canalla decida no parar. A centímetros de distancia el colectivero verá su cara de trastornada, su demencial ofrenda suicida, pero entonces ya será tarde para arrepentirse, tarde para decidir ser un buen chofer que lleve amablemente a sus pasajeros, que arrime al cordón para que desciendan las viejitas o que ofrezca espontáneamente el boleto escolar a los chicos. Al chofer se le dará vuelta el corazón en el pecho, en segundos vislumbrará el horrible futuro, el cuerpo aplastado, el juicio, el testimonio impiadoso de los otros pasajeros a los que venía atormentando con frenadas espectaculares y arranques endemoniados: ella se tiró porque él no quiso parar. El juicio será inapelable. Lina se regodea con su venganza, pero por pocos minutos. La inquilina enseguida trae a colación su apolillado realismo social, la vida desesperanzada de los colectiveros, la insostenible utopía del chofer gentil.

De todos modos, en los últimos tiempos la ira ha cedido al dolor. Cada vez que el 108 se toma su minúscula venganza y la ignora, a Lina se le caen las lágrimas. Todo el dolor del universo parece traspasarla en carne viva.

Es la baja de estrógenos, le asegura Clarita. Ahora es cuando nos igualamos a los hombres en posibilidades de infarto. Porque el estrógeno protege el corazón. Así son las cosas. Mientras seas candidata a procrear, la naturaleza te protege, te echa unos estrógenos aquí, unas progesteronas allá y la piel se aterciopela, se ponen redondas las caderas, y se avanza por la vida aleteante el corazón, brillante la mirada y húmeda la vagina. Una vez que procreaste, o dejaste pasar la oportunidad, la naturaleza retira sus cacharros de tu cocina, se va a otra parte con sus polvillos mágicos, y la savia se retira, se marchitan el pelo y la piel, se adelgaza la mucosa de la vagina, la libido amengua. El mundo entero, como las tetas, se cae de golpe, se pone gris e indiferente, la mirada de los hombres se vuelve resbalosa, los receptores de estrógeno distribuidos en todo el cuerpo se encabritan y entre tufaradas de calor reclaman su dosis. Es cuando las mujeres se despiertan a la madrugada sofocadas, se arrancan la ropa y abren de par en par sus ventanas. Pero no habrá allí ningún Romeo para adorarlas, sólo el vértigo, la tentación de arrojarse al vacío y estrellarse contra el asfalto. Porque ya nadie te para por la calle, ni el miserable 108 Liniers-Retiro-Retiro-Liniers.

—Vos le ponés demasiada literatura —dice Clarita.

—¿Yo le pongo? —protesta Lina—. Ella es la novelesca, la inescrupulosa, la que con tal de asegurarse la continuidad de ciertas cadenas de ADN no se detiene ante nada. Inventa el amor, con toda su corte de desmayos, aleteos, temblores y humedades.

Y todavía hay que escuchar ese dislate de que la naturaleza es perfecta.

Un modelo antiguo, perimido, como la computadora de la agencia. Una naturaleza que falla por todas partes, once centímetros y medio para que pase la cabecita del bebé, hay que ser miserable. ¿Y la deformidad de los pies? ¿Y el dolor de juanetes? La naturaleza jamás previó que las mujeres se fueran a montar en semejantes zapatos, en los tacos aguja, a obligar al pie a una posición tan torturada, dice Clarita, todo el peso del cuerpo sobre los dedos amontonados en la punta finísima de un zapato. Entonces la naturaleza es medio idiota, retoma Lina. Una socia perfecta del Doctor Scholl. Si nos programaba para andar siempre por la selva, para qué nos puso un cerebro. No previó al hombre usando su cerebro. Inventando la moda, los zapatos de taco aguja, la polución. La bomba atómica.

Lina se va de lo de Clarita consolada y con un misterioso frasco de gel importado. Vamos a probar con media dosis, un puf todas las noches, dijo Clarita, para regularizar el estrógeno, y si volvés a llorar porque el 108 no te para, me llamás y pasamos a dos puf.

Esa misma noche aparece el soñado.

Van juntos en un taxi y no dejan de mirarse a los ojos. Flota cada uno de ellos en el agua dulcísima de aquella mirada hasta que el auto se detiene, el soñado abre la portezuela, se inclina y arroja por la calle una bola. La bola rueda por la calzada vacía y se pierde en la oscuridad. Entonces el auto arranca y ellos vuelven a entrelazar sus ojos. Dos o tres veces más, el soñado arroja la bola. Y cada interrupción es deliciosa porque los dos saben que la mirada estará allí, como un lugar físico e inamovible al que ellos volverán apenas la bola ruede y desaparezca, y esa certeza hace tan gozosa la espera, casi tanto como la felicidad de aquella mirada.

—¿Pero de qué color tenía los ojos el soñado? —le pregunta Laura por teléfono.

—No sé —le dice Lina.

—¿Tanta mirada y no te diste cuenta de qué color tenía los ojos?

—Pantone 282, qué pregunta de directora de arte. Los sueños son de otra sustancia, no admiten el pantone, los sueños son así, imprecisos.

—¿Y la bola?, ¿de qué tamaño era la bola?

—Como una bola de un juego de bowling.

Hay que ser ingenua para creer que los hombres se acaban. Ellos no se acaban nunca. Siempre aparece alguno más. El que me siguió hoy tendría unos cuarenta años. Pelado, elegante. Me recitó de un tirón un bodrio de Bécquer, después se quedó sin aliento. Mon Dieu qué chatura, toda mi vida signada por la chatura. (Para eso prefiero el ingenio de la calle. No tenés miedo de derretirte al sol, dulzura. Me gustaría ser cura para bañarte en agua bendita. Muñeca, ¿sabés cerrar los ojos y decir papá? Casi mejor la grosería franca a la relamida.)

Pero para mí se acabó. Balayer les amours, avec leurs trémolos, balayer pour toujours... ¿Mostrar el cuerpo? Jamás. ¿Quién quiere más testigos del horror? La vejez es asquerosa, repugnante. Agarraría yo misma una tijera y empezaría a podar esta carne fláccida que sobra en los brazos, en los muslos, en lugares inesperados, sorprendentes, como el hueco de la axila o los pliegues de la espalda. ¿Esa carne soy yo? ¿Qué es lo que todavía los engancha por la calle? ¿Qué los encandila? ¿El recuerdo del recuerdo del recuerdo del esplendor?

Ah si vieillesse pouvait. Ah si jeunesse savait.

*Reforéstame el amor, siembra una tarea de cariño en mi co-
razón...*

Tomás oye distraídamente la radio mientras desecha los
potecitos de mermelada de naranja o de ciruela –los mismos
que podrían ofrecerle en el desayuno continental de cualquier
hotel del mundo– y elige los de dulce de leche. *Reforéstame el
amor,* escucha ahora con atención, sorprendido por la incon-
gruencia de esos términos: ¿la reforestación no es un proceso
demasiado técnico? Aunque claro, lo sabe, las semillas, las raíces, las flores, las lluvias, siempre han sido buenas metáforas
para hablar de hombres y mujeres, de las formas en que ellos
se atraen, se enzarzan, se expanden o se ahogan. Pero la reforestación le despierta a Tomás otra cadena de asociaciones.
Problemas ecológicos, incendios forestales, helicópteros so-
brevolando la zona, hombres de casco con planos, tractores re-
moviendo la tierra, escasez de oxígeno. Tomás imagina literalmente pequeños árboles con sus guías, pinos plantados en un
corazón, mientras unta una tostada con todo el dulce de leche
de un pote y después del otro y del otro, hasta que la tostada
se dobla bajo aquel peso y entonces la muerde con ganas,
consciente de ese exceso. *Reforéstame el amor.* La imaginación

tropical, piensa, con la boca llena de dulce de leche, siempre es exuberante. ¿Simple reflejo del paisaje? Su memoria salta al colegio nacional: la silva a la agricultura. ¿De quién era aquel poema que habían tenido que estudiar en segundo o tercer año del nacional? ¿Había sido necesario este viaje para que él recordara, treinta años después, aquellos versos tórridos? ¿Para que volvieran a elevarse loas a las mieses, a la incontenible fecundidad de la tierra americana? Qué no podría entonces el hombre. Un hombre a la medida de esos vegetales. Exuberante de futuro, ubérrimo de esperanzas. Un hombre al que él, al fin y al cabo, también le había dado su oportunidad. Como se la estaba dando ahora, probablemente por última vez, al señor Andrés Bello o quienquiera que hubiera escrito aquellos versos. En todo caso un colombiano o venezolano, porque los argentinos, se sabe, siempre fueron más amargos. La pampa sólo tiene el ombú, cuando no el cardo. Los escépticos de Latinoamérica. Sea. Sin embargo, algo de esa riqueza latinoamericana, piensa Tomás, todavía pervive, basta con sentir la tibieza del dulce de leche que chorrea entre sus dedos.

Tomás escucha el sonido de su risa en el cuarto —le gusta ese sonido— y vuelve a reírse, consciente de que algo le está sucediendo, un cierto desorden. Algo así como un desplazamiento de sus meridianos, o de sus paralelos. Una perturbación geográfica. Tal vez se trate apenas de un desvío. Porque él podría, debería, regresar a Linnville en menos de veinticuatro horas, ahora que ya ha llenado los formularios, ha firmado obedientemente al final de cada una de las hojas, donde estaba indicado con una cruz, dando el sí a la liquidación de una parte de su pasado. Sin embargo, reforéstame el amor. Tomás podría quedarse unos días más. Unos pocos días sustraídos a la lógica, sin obligación alguna, dejándose llevar por la corriente de los recuerdos. No oponer ninguna resistencia, ningún obstáculo. Sentarse otra vez en la Plaza Lavalle bajo el gomero, o la magnolia, que pasen detrás de sus ojos imágenes lejanas de hombres de sombrero con portafolios negros, leer todos los carteles, ver aparecer viejas tiendas con vidrieras polvorientas, bazar, menaje, Casa Ámbar, se arreglan paraguas, bajar por la escalera mecánica de los subtes, aspirar el olor inolvidable de la línea A, chuparse otra vez los dedos como está haciendo ahora, volver a soñar con besos.

Él está a la deriva entre el pasado y el futuro. Y el futuro se va achicando, no tiene ya la fuerza poderosa que lo absorbió durante años. Tomás se levanta de la cama, abre la ducha y se mete bajo el agua. Hay algo más, piensa, mientras se enjabona con energía, aunque casi no lo pueda formular, bajo la mirada escéptica del hombre de cincuenta años que lleva dentro, hay algo más que él quiere. Como la silva a la agricultura, no puede evitar que llegue a su cerebro esa palabra escolar, cursi, inaceptable. Anhelo. Hay un anhelo en él.

Con el pasaje en la mano, mientras le da unos golpecitos contra la rodilla, Tomás considera algunas consecuencias prácticas de su cambio de planes.

Si se queda unos días más en Buenos Aires podría ver a Thula, su prima segunda, a quien había evitado en viajes anteriores. La había rechazado toda su vida. Sin embargo, un hilo de curiosidad lo tironea hacia ese único personaje insulso de su familia argentina.

Podría, en lugar de entregarse a cábalas o fantasías infantiles, encontrarse con Lina Casté. Darle personalmente aquella cajita.

Y además había un hecho importante que justificaría todo. Podría ir al Congreso de microbiología de San Pablo al que había renunciado al principio del viaje. Después, desde San Pablo, regresaría a Linnville vía Miami.

Tomás levanta el tubo del teléfono y hace dos llamados. Uno, a Lilian. Otro, a su compañía aérea.

Es domingo. Apenas abre los ojos, Lina sabe que está perdida. El olor del café y las tostadas la dejan indiferente. Ha caído mansamente en la trampa durante muchas mañanas de su vida. La ilusión de un comienzo, refrendada por los pájaros de todos los árboles de Buenos Aires. Las duchas repiqueteando sobre los cuerpos, las afeitadoras de los hombres haciendo su trabajito sucio. Los afeites de las mujeres. Pero los recursos se gastan, se vuelven de ceniza. Lina lee el diario hasta que no puede más. Lee todos los chistes, algunos de ellos varias veces porque no logra concentrarse, lee el Nene Montanaro que jamás lee, lee los anuncios publicitarios, las noticias meteorológicas, lee incluso las noticias políticas, los anuncios fúnebres, la lista de los estrenos, una nota sobre el ciberespacio, todo indica que el mundo se mueve, cosas suceden incesantemente, no hay duda, pero ella está tan lejos, la fiebre del mundo la deja fría, toma cuatro tazas de café, come cuatro tostadas sin hambre, se impone la rutina como un calmante, pero finalmente debe dar por terminada la ceremonia llamada "desayuno". El mínimo hilo salvador se corta, tac. Se cae Lina al pozo. No puede con su alma, y qué justa le parece esa frase por más hecha que esté. El alma cobra una presencia tan evidente que excede el cuerpo, lo desborda, se derrama por los costados. Qué es lo que quiere el alma, con tanta presencia, dadme un sentido, pide, una dirección, y os daré paz, dadme aunque más no sea una tarea doméstica, pide el alma, una tarea sencilla y creíble y a ella me dedicaré con todas mis fuerzas. ¿Y si friega los ladrillos del patio como ha hecho otras veces?, piensa Lina, uno a uno, en cuatro patas con un cepillo, como las matronas españolas. Podrá ver con placer cómo se desprende de cada ladrillo el moho acumulado durante el invierno, podrá ver el efecto cierto de su mano yendo y viniendo rítmicamente, imprimiéndole la fuerza justa al cepillo. Sale Lina al patio, pero el sol la espanta. Vuelve a entrar. Mira alrededor. Los muebles fijos, el living armado veinte años atrás, los objetos, como pequeñas anclas, como tumbas. Alrededor de ellos se teje la vida, la historia, ellos van creando la arquitectura que te sostiene. Lina toca cada objeto, el polvo que han acumulado, los tiene en el olvido y, al mismo tiempo, le son tan familiares, regalos, recuerdos, testigos.

Dónde pone ese desasosiego. Siente claustrofobia Lina, pero de su propio cuerpo, se siente enjaulada dentro suyo, como las místicas que añoran a Dios. Se tira al piso, lo recorre centímetro a centímetro buscando el punto aleph de la armonía, por si existiera, rueda por el suelo, toca las ranuras de la madera, aplasta la cara contra los rincones, no hay punto de armonía, sólo ha recogido pelusas y descubierto que debajo del arcón que una vez trajo de Bariloche nadie ha metido el tubo de la aspiradora por años.

Sabe que oxigenarse siempre la aligera. Se pone un buzo, un pantalón, las zapatillas, se calza el walkman y sale.

En el parque de Agronomía llora en la calle del Liquidámbar y las Casuarinas, ve por primera vez la estatua (no es

muy observadora Lina, hace meses que repite el mismo circui-
to y sin embargo es la primera vez que la ve), un joven de bu-
cles con la nariz mocha y esa cara de inocencia que suelen tener las estatuas. Es el mismísimo Virgilio, lo dice abajo, en
una placa de bronce, con esa suave cara de bebé, versificando
tan sesudamente en latín, o Virgilius, y Lina corre y le caen lágrimas, y las casuarinas (o plátanos o liquidámbares o magnolias, le devuelven una llovizna que tal vez sea sólo vegetal, aunque Lina tiene sus sospechas) y, ya que pasan dos chicos
estudiantes de agronomía, les pregunta qué son estos, plátanos, casuarinas o qué. Los dos pibes levantan los hombros, se
miran entre ellos, no saben, no responden, los estudiantes de
agronomía, qué se puede esperar de cualquier pasante entonces, los pibes se alejan y se ríen, un poco alarmados por los
ojos turbulentos de esa mujer que les ha preguntado así a boca de jarro por el nombre de los árboles.

Es el atardecer. Ya casi no hay nadie en Agronomía, todo
está húmedo y hay charcos de agua. Lina sigue corriendo y llega hasta un árbol enorme, prueba abrazarse a él, *reforéstame el
amor*, escucha a través del walkman, *dale una tarea de cariño a
mi corazón*. En efecto, el árbol la consuela.

¿Es la deserción de Dios?

¿La muerte de las ideologías que la ha dejado sin rumbo,
junto a sus compañeros de generación?

¿El hecho de ser una mujer, de no tener aquella herra-
mienta que la haga ir por la vida como portando un estan-
darte?

¿Es la herida, abierta para siempre, de no haber tenido
una madre de Billiken?

¿La consunción de las últimas hilachas de amor del que
será su último amor?

¿La grisura de la vida que no da reposo?

¿Su propia falta de ímpetu para la alegría, de grandeza, de generosidad?

¿La mera falta de unos mililitros de estrógeno?

¿Algún cromosoma melancólico, indígena, que, como el de la alergia, ha sido despertado por un polen estival?

¿La constatación de que los chicos crecen y se van, dejan el nido vacío, y para eso ella ha ido al supermercado innumerables veces, plegándose a esa obscena costumbre de aprovisionarse, marchando junto a la hilera de hormigas madre que catan con ojo mezquino la ternura de un cuadril para sus bebés, la lisura de una papa, la incuestionable madurez de una banana, justamente para hacerlos crecer, que vengan grandes para que dejen un agujero también grande, como las zapatillas enormes que calzan demasiado pronto y abandonan en cualquier lugar de la casa y al tropezar uno con esa inesperada escultura es señal de la inminente partida, el preanuncio de que también ellos entran en la inhóspita curva de la madurez, que los llevará a doblarse al cabo como una rama seca y terminar tal vez llorando a gritos en un geriátrico porque no los han cambiado y sufren de una insoportable picazón en los genitales?

¿Entonces, por enésima vez, es la imperdonable traición de la muerte?

En su cerebro, el fugaz pasaje por el supermercado no pasa inadvertido, la palabra papa o banana, se ha quedado trabajando en el territorio de la otra Lina. La mujercita sensata y laboriosa que vive dentro de ella, la inquilina, a quien debe agradecerle tantas veces su ayuda, su fidelidad, su conmovedor apego a las simplezas de la vida. Porque es ella quien con irritación la baja de un cachetazo de sus especulaciones grandilocuentes y en un flash casi de pánico le recuerda que aca-

ba de quedarse sin trabajo y que en su casa el pan lactal se ha
terminado.

Tomás va atravesando el parque de Agronomía, desde la
avenida Constituyentes hacia la avenida San Martín, para encontrarse con su prima Thula. Ella vive en un barrio tranquilo de casas inglesas, sobre Espinosa, una calle lateral que desemboca en el extremo oeste del parque.

El sol es un exceso argentino, va pensando Tomás, como
el bife de chorizo a caballo. El sol deslumbrante de la primavera y el verano borra todo. En cambio esa luz crepuscular,
después de la lluvia, tiene una cualidad reveladora. Esa luz tamizada deja ver los matices de los colores, los verdes brillantes
y los verdes calmos de las copas de los árboles, el amarillo de
las retamas caídas sobre el barro, los reflejos móviles en los
charcos. Tomás se detiene en la calle de los Ombúes y mira alrededor. Hay muy poca gente en el parque. Un hombre con
dos perros. Un grupo de estudiantes. Dos jubilados jugando
al dominó. Un poco más lejos, sobre uno de los paseos perpendiculares, una mujer que corre rítmicamente. Tomás la
mira con curiosidad. La ve llegar hasta un árbol y abrazarlo,
apoyar su mejilla contra la corteza y quedarse muy quieta. Es
difícil precisar cómo se forma en el otro lo que se llama una
impresión de alguien. Desde ese punto de observación relativo y teniendo en cuenta la cabeza inclinada de la mujer, el pelo tapándole parte de la cara, no son muchos los rasgos que
Tomás puede captar. Sin embargo, el ojo es sabio, selecciona,
reconstruye, saca conclusiones. La primera es que esa mujer
tiene algo diferente. No cualquier mujer está parada de esa
manera junto a un árbol, algo hay en ella que rompe ciertas
reglas, una informalidad en su actitud, una independencia,
que resultan atractivas. Pero él ya ha visto esa escena —una

mujer y un árbol– o alguna muy parecida. Siente que la respuesta está cerca, rondándolo, pero antes de que se le revele, una voz lo interrumpe. Hola, le dice, soy Thula. Tomás gira hacia la voz y se encuentra con la cara ancha y blanca de su prima. Con unos ojos celestes muy claros que parecen haber ganado determinación con los años. Su prima se le ha adelantado. Quería invitarlo a caminar un rato a solas antes de la cena familiar donde conocerá a su marido y a sus hijos.

Thula no es demasiado expresiva. Tomás nota sus esfuerzos para resultar menos formal, más cercana. Está muy contenta, dice, de que en este viaje él le haya hablado por teléfono. Sabe que nunca tuvieron mucho contacto, que no llegaron a ser amigos. Sin embargo, dice, ellos comparten una historia común, única, sería bueno, cada tanto, poder hablar. Además, ella tiene cosas que contarle. Más todavía: tiene cosas para darle.

La primera, le dice sin más dilaciones, con su estilo brusco y directo, es que su verdadero apellido no es Albrecht, como él siempre creyó. Ese fue el apellido que su padre usó para entrar a la Argentina. Tu apellido es Heifetz, dice ella, como si se lo impusiera. ¿Heifetz? Tomás recibe su nombre perplejo y después un poco rabioso, como reciben los recién nacidos el agua del bautismo. Sin embargo, no es la primera vez que escucha ese apellido. Ni la primera vez que se imagina judío.

Tal vez, durante su último viaje, Karl se lo hubiera dicho, pero entonces la memoria de su padre ya estaba destruida. Thula, en cambio, lo ha sabido por su madre, la prima de Karl. También sabe ella que Karl era el mayor de seis hermanos, que fue el único que pudo escapar de Alemania. Todo el dinero ahorrado por la familia se usó para que él escapara. Fue el elegido. Si él se salvaba, tal vez pudiera salvar a otros. Pero no pudo. Eso es lo que estaba encerrado en sus silencios, piensa Tomás. El tormento de Karl. De Karl Heifetz.

Media hora después, Tomás está sentado a la mesa del comedor oficial de la casa. El marido de su prima y sus hijos le parecen un poco irreales, figuras inconsistentes que lo miran con curiosidad, esperando que él revele algo que justifique el inusual despliegue de vajilla, copas altas y cubiertos de plata. También los fiambres ahumados y el arenque le han sido dedicados, la pata de cordero con *jrein* y los *blintzes*. Thula ha sabido preservar las recetas familiares, ha cuidado obedientemente cada detalle. Sin embargo, Tomás no tiene hambre. Pone en juego toda su cortesía, se esfuerza por avivar una conversación que nace empantanada, prueba y comenta cada plato. Pero es inútil. Desde el principio hasta el final de la comida lo ocupa por completo una sola cosa. El sabor de aquel nombre que no le resulta del todo nuevo, dulce al principio y violento al final: "Hei-fetz". La observación atenta de lo que podría modificar dentro de él.

A Tomás lo espanta la idea de encerrarse en el cuarto de su hotel, de manera que al regreso de la comida con Thula, hace detener al taxista varias cuadras antes de la calle Schiaffino, en la esquina de Agüero y Libertador. (¿Pero por qué eligió ese hotel, en esa zona? Tal vez precisamente por eso, por su neutralidad. Porque es un barrio elegante intercambiable por otros en otras ciudades del mundo.)

Tomás sube por Agüero y va bordeando la plaza, sin mirar a su alrededor, ajeno a las parejas de enamorados, los estudiantes que regresan de sus clases, la gente que saca a pasear a su perro. Va atento sólo al ritmo firme de la caminata, a su decisión de avanzar siempre sobre la misma franja de la vereda, como un nadador en su andarivel, como un buen deportista. Empujado por este único y arbitrario objetivo da varias vueltas a la plaza, repitiendo cada vez el mismo trayecto. Cuando al fin se detiene un momento, levanta los ojos y se encuentra un cartel azul donde está escrito con letras blancas el nombre "Agüero". La palabra salta a sus ojos, súbitamente desprovista de significado. ¿Qué será agüero?, piensa, ¿el nombre de una nueva nación?, ¿algún recipiente para el agua?, ¿un pájaro? Vuelve a remontar la calle que lleva aquel nombre, se desvía por un sendero que atraviesa la plaza y llega al pie de una escalinata que conduce a una estatua ecuestre. ¿Quién es ese personaje? ¿Hacia dónde va tan confiado? Sea quien sea, siente una súbita hostilidad contra el jinete, a quién quiere impresionar desde esa altura, por qué ese exceso de mármol y de friso.

Tomás desiste de subir las escaleras y se aleja del monumento dejando al jinete sobre su imponente caballo, casi más prócer el caballo, piensa difusamente, que el hombre que lo cabalga, las riendas flojas en una mano y en la otra el sombrero.

Cruza Agote hacia la plaza vecina y tropieza con otro cartel. Esta vez no hay chapa azul con letras blancas: en lo alto del poste de metal, allí donde debería estar el cartel con el nombre de la plaza, el espacio está vacío. Apenas unos metros más adelante, plantada a su misma altura, aparece la figura de bronce de un hombre. Esta vez sí Tomás se acerca hasta el pedestal y se inclina para ver la referencia. A la luz tenue de la noche alcanza a leer: "Louis Braille, 1809-1852" y, como un epitafio, "inventor del alfabeto para ciegos".

Tomás camina ahora lentamente, la plaza está desierta y algo dentro de él empieza a despejarse. Tal vez es la pura repetición la que produce ese efecto tranquilizador. Cansado, se sienta sobre un banco, mirando hacia la avenida. Se balancea hacia adelante y hacia atrás, hacia adelante y hacia atrás. Recuerda entonces la imagen de un hombre con la cabeza cubierta, balanceándose de igual manera, adelante y atrás, mientras murmura. Él era muy pequeño. Y estaba con su padre. Convocados por este primer recuerdo, Tomás puede sentir cómo otros retazos de recuerdos –percepciones, imágenes, palabras– reaparecen y se reorganizan velozmente: como en un juego, cada fragmento busca su semejante, ocupa los espacios vacíos, arma la trama, completa el sentido.

¿Por qué Karl no se dejó enterrar según el rito judío? ¿Por

qué desaparecer así, tan completamente? ¿Para qué sumar más cenizas a las cenizas?

Él podría haber ido entonces a un cementerio. Sentarse sobre la piedra de otro banco. Enfrentarse con otros monumentos, otros epitafios. Decirle a su padre que se quedara tranquilo. Aunque lo hubiera dejado sin lápida, sin inscripción, sin muro para lamentarse primero y para reconciliarse después.

Tomás se levanta del banco y va caminando hacia Schiaffino. Empieza a silbar una vieja música de infancia y a completarla después con palabras. Palabras en alemán que le llegan sin esfuerzo ni tropiezos, ligeras y libres como pensamientos:

Die Gedanken sind frei,
Wer kann sie erraten,
Sie fliegen vorbei,
Wie nächtliche Schatten.
Kein Mensch kann sie wissen,
Kein Jäger erschießen.
Mit Pulver und Blei
Die Gedanken sind frei!

Era una canción que le enseñaba su padre y esto Tomás también lo recuerda con nitidez. Recuerda sobre todo su determinación de guardar silencio porque él, a Karl, no pensaba darle el gusto de cantar en alemán. Karl no insistía demasiado, levantaba los hombros y seguía cantando solo, en voz alta, lo suficientemente alta como para anular su silencio y, si estaban en la calle, como para que cualquiera que pasara pudiera escucharlo. Como hace ahora Tomás, aunque la plaza esté ya casi desierta y nadie pueda escucharlo.

Und sperrt man mich ein
In finsteren Kerker,
Ich spotte der Pein
Und menschlicher Werke.
Denn meine Gedanken
Zerreißen die Schranken
Und Mauern entzwei,
Die Gedanken sind frei!

Drum will ich auf immer
Den Sorgen entsagen
Und will dich auch nimmer
Mit Willen verklagen.
Man kann ja im Herzen
Stets lachen und scherzen
Und denken dabei:
Die Gedanken sind frei!

Y a medida que canta, con la misma naturalidad con que fluyen en alemán, las palabras encuentran en la mente de Tomás su correspondencia exacta en castellano, reuniendo en una única voz, los dos idiomas de su infancia.

Los pensamientos son libres,
¿Quién puede adivinarlos?
Pasan volando
Como sombras nocturnas
Nadie puede saberlos
Ningún cazador cazarlos
con pólvora y plomo
Los pensamientos son libres.

Y cuando me encierran
en oscuras prisiones
me río del dolor
y de las acciones de los hombres
mis pensamientos
rompen las barreras
y atraviesan las paredes
Los pensamientos son libres.

Por eso quiero para siempre
Dejar de lado las preocupaciones
nunca más acusarte con rencor.
Después de todo, en el corazón,
uno puede reír y gozar
y al mismo tiempo pensar:
¡Los pensamientos son libres!

El lunes, cuando vuelve del abogado, Lina encuentra tres mensajes en su contestador automático.

El primero es de su madre. *Chica, me pasé toda la tarde mirando el techo, esperando que llamaras. Pero aquí lo único que se escucha es el graznido del cuervo. Y la gota de la canilla del baño que pierde.*

El segundo es de Laura. *Están buscando a alguien de tu perfil para un nuevo proyecto.* (Eso dice el mensaje: "perfil"). *Tenés que comunicarte con el señor Saubersohn, el miércoles por la mañana.*

El último, es de un tal Tomás Albrecht. *Soy Tomás Albrecht* —dice la voz— *y te busco desde hace días. Por favor llamáme al Hotel Plaza Francia. O encontráte conmigo mañana a las diez de la mañana en la Puerto Rico. Es "casi importante"*, agrega la voz.

Intrigada, Lina llama al Hotel Plaza Francia y no encuentra a Tomás.

Deduce que es alguien, o algo, que le manda Adriana. En el desorden en que llegan sus cartas, es posible que se lo haya anunciado sin que ella todavía tenga noticias. La Puerto Rico la desconcierta un poco. Es una elección singular. Justamente por eso decide no faltar a la cita.

En cuanto a su madre, no se siente con ánimos como para escuchar otra vez la absurda historia del cuervo.

Estaba segura de que en el edificio había un cuervo que graznaba. Hacía rato que lo oía por más que los idiotas del consorcio juraran que no, que era imaginación mía. Pero hoy por fin vino la momia del tercero a disculparse y a darme la razón. Parece que el bicho está en uno de los departamentos desocupados del sexto, atado con una cadena, y que chilla porque tiene hambre. Habrá que darle algún cadáver, le dije a la momia ¿Vamos por piso o sorteamos? La momia, que es un caballero, hay que reconocerlo, me dedicó una risita anémica, después me hizo una reverencia y se metió en el ascensor.

No es que yo me vaya a dejar impresionar por un cuervo hambriento. Supongo que la implacable tendrá el buen gusto de cortar el hilo rápido y sin alegorías. Además, a estas alturas, ¿qué me podría decir el bicho que no me diga el espejo? Es su graznido lo que no aguanto.

Donc, Maître corbeau tu vas bien fermer ton pic.

Son las nueve de la mañana y llueve torrencialmente. Lina se queda un momento detenida en el zaguán de su casa viendo cómo el agua cae a chorros, inundando en pocos minutos la vereda.

Qué bueno la lluvia. El mundo se detiene. Está lloviendo. El ruido del agua, barriendo la calzada, barre todo apuro. Todo se posterga, total, llueve. Lina se entrega complacida a esta pereza, pero la lluvia amengua y entonces todo vuelve, la larguísima lista de cosas por hacer. La curiosidad por Tomás Albrecht.

Se lanza a la calle. Al principio parece que uno está pertrechado, las botas, el impermeable, que se puede atravesar esas bocacalles, esos charcos, y salir indemne. Después viene la primera mojadura, el primer hilo de agua que se cuela por el cuello, las corridas de refugio en refugio, la pisada fatal sobre una baldosa floja, y uno se va resignando, ya sabe que va a terminar empapado, tiritando en el colectivo.

Por la calle Giribone un torrente de agua desciende, tan denso, que no se llega a ver la superficie de la calzada. Lina considera, casi con entusiasmo, por dónde convendrá vadear ese río. Los fenómenos naturales tienen un efecto tonificante.

Uno se vuelve más animal, o sea más humano. Debe enfrentar otro tipo de problemas, no si manda o no un telegrama al hijo de puta de su patrón, no si tuvo orgasmo clitórico o vaginal, si su madre hizo entrega del narcisismo en el momento adecuado o se lo quedó todo para ella y para la negrita minga. Nada de eso. Se trata ahora de problemas esenciales, cómo entablar una relación amigable con la naturaleza. Hay una alegría límpida en eso. Lina mira alrededor y la soledad es absoluta, el paisaje le pertenece por entero. La ilusión de estar sola en el mundo, hasta que aparece la viejita con su chango de las compras. Pasa por la vereda de enfrente y la charla parece obligatoria: son las dos únicas sobrevivientes del planeta. Pero la viejita se limita a sonreír y cabecear con un gesto tan resignado que parece abarcar la crisis económica del país, la artritis que le diagnosticó el médico y la falta de futuro de todos sus nietos. A Lina la ciencia ficción se le derrumba en forma instantánea. Pero también en un instante la vieja desaparece en un zaguán angosto, en una de esas casitas estrechas del barrio que se parecen tanto a las bóvedas de la Chacarita.

El agua baja con sorprendente rapidez y Lina decide pegar el salto hacia la vereda de enfrente y llegar hasta la parada del 108.

Deja pasar el primer colectivo, en espera del diferencial. Un error imperdonable. Ya sabe ella, y más de una vez lo ha pagado con lágrimas, que es peligroso hacer planes, es necesario plegarse a lo que ofrece la realidad.

Por fin, a las nueve y media de la mañana, consigue subirse a un derrengado 108 hacia Plaza Italia. A pesar de su lentitud, el colectivo avanza con determinación. Pero al encarar Bonpland, la situación empeora. El colectivo avanza una o dos cuadras levantando olas de agua que chocan contra las ventanillas hasta que se ancla definitivamente en la calle Soler.

Muchos pasajeros se quedan dentro del colectivo. Otros, como Lina, se deciden a la aventura. Se sacan los zapatos, se arremangan los pantalones o se recogen la pollera y avanzan hacia Santa Fe.

En una bocacalle, Lina ve varios coches flotando. A pocos metros del Sanatorio Humboldt, dos enfermeros con el agua por encima de las rodillas tratan de recuperar a una mujer que va navegando en su camilla: "Santa María madre de Dios, ruega por nosotros pecadores…", Lina la oye rezar mientras pasa. También ve un televisor sin dueño arrastrado por la corriente. Un perro pekinés que nada aguas abajo. Y, como última imagen alucinante, dos pibes remando en una piragua.

Al día siguiente, Lina se entera de que aquella ha sido la segunda inundación en importancia de los últimos cinco años. Los patos del Planetario fueron arrastrados por la corriente hasta Las Heras y Pueyrredón, a veinte cuadras de distancia de su lago original. ¿Cómo podría haber llegado con puntualidad a su cita en la Puerto Rico?

Lina va en el subterráneo. Esta vez no lleva barral. Va muy elegante con su traje de yuppie, doce cuotas de Cacharel, franela gris perla y grandes hombreras que, debe admitirlo, la hacen sentir invulnerable, llena de ímpetu para enfrentar su reunión con el señor Saubersohn y salir victoriosa. Van a hablar de los bizcochuelos y budines Sauber. De su próxima expansión en el mercado nacional.

Quién la ha visto apenas ayer con el barral y quién la ve hoy, una ejecutiva con medias cristal que gimen como un sutilísimo violín cada vez que cruza y descruza las piernas.

Frente a ella hay una madre con su beba. Lina se enternece. Deposita mansamente la mirada allí, como en un regazo. La mujer va doblada sobre su hija, embebida en ella, la nena duerme con placidez, tiene dos marcas rojas en una mejilla, manchas de nacimiento, tal vez. La madre recorre con los ojos el cuerpo pequeño, centímetro a centímetro, y al fin algo descubre. Empieza a hurgarle los dedos de los pies desnudos. La beba, molesta, llora, pero la madre persiste. Introduce sus dedos enormes entre los minúsculos deditos del pie de la beba. Por qué no la deja en paz. Como si la hubiera escuchado, la madre suspende su maniobra, pero sólo para pasar al otro pie.

Obsesivamente vuelve a hurgar. La beba patalea, Lina está a punto de levantarse y decirle que se detenga, se contiene, mira hacia otro lado, vuelve sobre la mujer que ahora se rasca la frente con un movimiento nervioso, hay algo perturbador en la escena, Lina siente miedo. Con un estremecimiento piensa que esas marcas rojas de la beba, en la cara, son lastimaduras que le ha provocado la madre.

Y ella qué. Ella igual. Mirándose el ombligo se está lastimando sin cesar. Cada uno está dado vuelta sobre sí mismo, cada uno se rasca de manera enfermiza.

Lina vuelve a desviar la mirada. No quiere ver más a la madre con su beba. Tampoco al viejo agobiado. Ni a la chica flaquita de la mochila. Recorre la fila de asientos y no encuentra dónde hacer descansar los ojos. Por fin llega hasta una mujer sin expresión, de una neutralidad asombrosa, como si fuera de cera. Tiene unos sesenta años, un traje sastre color verde agua y sobre la solapa un prendedor con forma de perrito. Se lo habrán regalado. Se lo habrá comprado ella. Qué dosis de optimismo hace falta para prenderse cada mañana en la solapa ese prendedor-perrito.

Entonces entra el hombre gordo y desarrapado que canta en voz baja. Lina trata de escuchar. Es una interminable y monótona canción donde se mezclan jingles, coros de distintas hinchadas y estribillos:

...sí sí señores de aquí de Boca salió el nuevo campeón, el patito chiquito no quiere ir al mar, volver, con la frente marchita, lo vamo a reventar, lo vamo a reventar, rebozador Favorito para comer rico y más livianito, diez horas, tres minutos, cinco segundos, y tú que te creías el rey de todo el mundo, Fanacoa, coa, coa, ¡¡allí vamos argentinos!! y Dieguito ya se fue, Dieguito ya se fue...

Todos se han dado cuenta, todos se miran buscando complicidad, se alejan unos centímetros del hombre, que quede claro, ese es el loco, nosotros la gente decente, aunque ella, apenas ayer, con el barral y la cara desencajada. El gordo parece bastante inofensivo, sin embargo nadie abandona el alerta y ha sido una buena decisión, porque el loco termina la canción interminable y empieza a decir, sin gritar, pero con firmeza, *cadáver, cadáver, cadáver,* con un gesto conciso del mentón señalando a cada uno, como si él los matara, podría pensarse, pero no, los señala didácticamente, más bien con la certeza de que todos ellos son cadáveres, cadáveres sentados o parados, cadáveres con portafolios, con libros y con bolsas, con paraguas por si llueve, con bebés entre los brazos, con los ojos pintados y con hombreras, en elegantes trajes de franela gris perla, cadáveres que van a la oficina, que tienen citas, que están por conseguir un buen cliente y que están dispuestos a gastar horas de su vida pensando en un budín o en la caspa del ser humano a cambio de dinero que les servirá a su vez para comprar budines o eliminar su propia caspa.

Lina baja en la estación 9 de Julio. Cruza el pasaje Obelisco, cuenta trece personas, entre hombres y chicos, que duermen tirados en el piso. El año anterior veía sólo tres o cuatro.

El señor Saubersohn no es del todo desagradable. Es alto y robusto, el aspecto convencional que se adjudicaría a un austríaco o a un alemán. Es evidente que habla y actúa según las recomendaciones de algún manual de marketing americano. Repite enfáticamente ciertas palabras. "Convicción", "positivamente", "urgencia", "fantástico, fantástico", dos veces, alargando y acentuando con energía la "a".

Al principio la técnica funciona: transmite una imagen brillante de la empresa, contagia un cierto deseo de unirse a sus negocios. Diez minutos después, el efecto empieza a debilitarse. A sustituirse por una incomodidad creciente. Lina descubre por qué. El tipo habla acercándose mucho, tal vez sean sólo unos milímetros más de los que el instinto admite, pero es suficiente para provocar alarma, tal vez, además, porque el hombre habla demasiado, y en ese acoso de la palabra y la cercanía se percibe un contenido deseo de lanzarse sobre su presa, de atraparla en la maraña de sus palabras y asfixiarla después con su corpachón.

Pese a todo, en su discurso optimista se produce cada tanto un bache.

Lina se mantiene callada. O deja apenas flotando en el aire un monosílabo. Ya no se precipita a rellenar los baches de nadie, como antes. Es su secreto orgullo, un punto de llegada en la vida. Ella deja que el silencio se extienda, como una mancha viscosa. Sin pánico. Que cada uno se las arregle con los vacíos de su cerebro. Ha aprendido Lina a no temer al silencio. A dejarlo que se instale, con todo su peso. Busque usted señor la palabra, el sinónimo, la idea justa. Gesticule, tropiece, siembre sus puntos suspensivos. Ella no piensa salir corriendo al salvataje. Lo ha hecho durante tantos años. Ha sido durante tanto tiempo una hormiga laboriosa. Se merece, por esta vez, la gozosa despreocupación de la cigarra cantora.

Pero su rebelión es módica. Lina termina siempre pareciendo tan adecuada, tan responsable, que el señor Saubersohn no duda. Dos días después le confirman que ha sido seleccionada. Que firmará un contrato flexible de tres meses y viajará inmediatamente a Brasil para seguir durante una semana el curso de entrenamiento que la Central de Postres Sauber dicta en San Pablo.

Vos sos de una frialdad aterradora, dice la madre, mientras termina de pasarse sombra blanca sobre las ojeras. Pero yo estoy destruida. Estuve toda la noche en la clínica, dice. Hasta que la Rubia se murió. Lina la mira consternada. La muerte siempre produce ese acceso de incredulidad. Miles de millones mueren a cada segundo. Igual que miles de millones comen o respiran. Pero la muerte no alcanza categoría de rutina. Produce siempre ese asombro, ese efecto único: el efecto mortal. Cómo que se murió, pregunta Lina. No tuvo más remedio, dice la madre. Se la llevaron y tuvo que morirse. ¿Tuvo? Sí, tuvo, chica, tuvo. Entonces le explica. Resulta que suena el timbre y ella abre. Era un médico de Salux, joven, dijo la Rubia, como de treinta, con una cara de ángel que era un placer mirarlo. ¿La señora de Martínez? No, dice la Rubia. ¿Cómo, pregunta el ángel, ese no era el décimo C de Laprida 1591? La Rubia le dice que era el piso y la dirección pero que ella no era la señora de Martínez, que ella era de familia vasco-francesa: Arruabarrena. El hombre queda perplejo, tiene una planilla con esa dirección, ese piso, ese apellido. Y la ambulancia abajo, que ha venido ululando por la avenida Las Heras, atravesando semáforos rojos, interpelando por alto-

parlantes a los automovilistas para que abran paso de inmediato (y después aprovechen ese vil minuto de ventaja que les
dará prenderse en la cola veloz que abre la ambulancia) y ha
llegado en menos de siete minutos que es el tiempo que le
dan en urgencias para Barrio Norte (y si lo cumplen se lo
anotan en una planilla especial que se titula standard de calidad y eficiencia, porque por algo Salux es la líder del mercado) y ella le sale ahora con que no es Martínez. La Rubia se
ríe y el ángel se queda mirándola fijamente. La Rubia, aunque tenga más de setenta años, ha sido una mujer muy guerrera –esa palabra dice la madre, *guerrera*–, y empieza a fabu-
lar vaya a saber qué historia. Entonces el ángel le pregunta si
ella se siente bien. Estupendamente, le dice la Rubia, sin embargo ella tiene un ojo irritado, dice él, que lo deje mirárselo
de cerca, le pide, se lo mira y ayayay, exclama, moviendo de
un lado al otro la cabeza, que aquello es un pequeño derra-
me, que ella debe tener la presión por las nubes, que de ninguna manera le dice la Rubia, que ella siempre se la controla
y se siente lo más bien. El ángel insiste, saca el tensiómetro y
le toma la presión. Qué te imaginás. Tenía casi treinta. Entonces la Rubia deja el aparato infernal prendido, el calzón
colgando de la canilla de la bañadera, el té servido y la mitad
de la mesa de póquer del día siguiente sin armar. Apenas alcanza a llevarse la cartera con el carné de Salux y parte con el
angélico que se la lleva ululando, la interna y la liquida. Pero
antes de que la liquiden, la Rubia alcanza a llamarme, para
que yo arregle lo de la mesa. Y me cuenta toda la historia.
Cuando llego a la clínica ya está en terapia intensiva, un ataque de presión, dicen, coma profundo dicen, hay poco que
esperar. Me acerco a su cama y me doy cuenta de que la Rubia intenta hablar. Al principio la voz era muy baja, confusa,
hasta que de pronto oigo, clarísimo: "abro con veinte". ¿Qué

hace la Rubia? Lina levanta los hombros. Lo mismo que desde hace cincuenta años, todos los días: juega al póquer. "Veo", le digo yo, como una autómata. "Una", dice ella, con voz casi inaudible, pero decidida. Está blufeando, pienso yo. "Voy con cien", dice. "Tus cien y quinientos más", le digo yo, que apenas tengo una pierna. "Me juego", dice ella. Entonces me acerco bien a su oído, "Rubia, Rubia", le digo, "tenés póquer de ases. Nos reventaste, Rubia. ¡Póquer de ases!". Y la Rubia sonríe porque se lleva un pozo enorme de fichas de colores, clic clic clic, las abraza y las empuja hacia su cuerpo, la Rubia goza del sabor inefable de haber ganado, de haber cortado de una vez por todas la mala racha de la última semana. Y se muere.

Lina ya está en la calle y recuerda las palabras de su madre. Un acto de piedad, había dicho. Por qué no, piensa Lina, y ve de pronto en el reflejo de una vidriera a una mujer ojerosa con la boca un poco abierta. Es ella, embobada con las historias que le cuenta su madre, como si tuviera seis años. En el instante de pánico que le produce ese descubrimiento, cae en la segunda trampa: una tapa de Obras Sanitarias, semilevantada, le pega en el pie. A Lina le saltan las lágrimas de dolor y de rabia. Tendría que haberle dicho que viajaba a San Pablo. Avisarle. Para eso había ido a verla, precisamente. Pero no lo ha hecho. Lina se acaricia el pie lastimado.

(Qué importancia tienen unos días en San Pablo. Si su avión estalla en el aire, ella se va morir como una idiota, sin haber aprendido nunca a jugar al póquer.)

Nos encontramos en la calle del Liquidámbar y la avenida de las Magnolias.

—Te elegís nombres poéticos para encontrarte conmigo —dice Graciela.

—En Agronomía, todas las calles tienen esos nombres —se defiende Lina.

Las dos avanzan en silencio. Toman ahora la calle de los Ombúes.

—Aquello parece el mar —dice Lina, señalando a lo lejos.

En efecto, a la distancia se ve el mar, su superficie espejeante.

—Pero no es el mar —aclara Lina— es un techo de plástico que cubre un cultivo de tomates.

—Si es por eso, yo tampoco estoy acá —dice Graciela.

Graciela y Lina se ríen. Ven pasar a un hombre enorme llevando a un perrito minúsculo y vuelven a reírse.

Atraviesan el Pasaje de los Eucaliptus y, cuando llegan nuevamente a la calle del Liquidámbar, se sientan sobre un tronco caído.

—¿Tu padre? —pregunta Graciela.

—Se murió.

—¿Tu hermana?

—Se murió.

—¿Tu madre?

—Está por morirse, como siempre. Pero vos deberías saberlo —dice Lina.

—Otro prejuicio de los vivos —dice Graciela—. Creer que nosotros sabemos. Para ser la calle del Liquidámbar hay bastante olor a bosta —agrega después, husmeando el aire.

Nitrato, piensa Lina, como le decían en el colegio, nitrato con uno, nitrato con otro.

Sin embargo Graciela tiene una mirada de almendras que no desentona con los liquidámbares.

—¿Sabés qué es un liquidámbar?

—No lo sé —dice Lina—. Suena a nombre de postre, un postre con mucho almíbar, como los huevos quimbos. Y a la palabra delicuescencia, ¿no te parece?

—Jamás supe qué eran los huevos quimbos. En casa, a lo sumo, postre de vainillas. Pero sé qué quiere decir delicuescencia —dice Graciela, y agita los brazos como un pájaro desprendiendo a su alrededor un vaho de humedad.

—El mío fue un amor delicuescente, días intensos consumidos y disueltos a gran velocidad. La ideología era un afrodisíaco poderoso —dice Graciela—. Casi como el amor.

A Lina, como a Adriana, como a Laura, le gustaría conocer detalles más carnales.

—Por ejemplo, cómo fue la primera vez —dice Graciela.

—Y también de qué signo era él —dice Lina, pasando por alto el tono burlón de Graciela.

—¿Adriana sigue leyendo los horóscopos?

—Sí, pero desde que vive en el barco y está más cerca de los astros ya no les cree tanto.

—Y vos Lina, ¿cómo leés los diarios ahora?

Lina podía reconocer correspondencias muy precisas entre su manera de leer el diario y distintos momentos de su vida. Hubo épocas de empezar por los chistes. Épocas de clasificados, de espectáculos. Épocas estrictas de noticias políticas. Y siempre, más o menos oculta, la expectativa mágica, buscar página tras página con una avidez difusa, esperando encontrar una señal que ella entendería y entonces habría llegado el momento, ¿pero el momento de qué?, ¿de salir de atrás de la ventana? Mujeres tras las celosías ven pasar la vida desde tiempos inmemoriales.

—Ahora tampoco te gustaría cómo leo el diario —dice Lina—. Leo mucho los avisos de publicidad. Leo las ofertas de los supermercados, de las casas de electrodomésticos. Trato de imaginar qué quiere la gente, qué incitaría sus deseos de consumo. De todas maneras, leer ahora el diario sirve poco. La vida es más verdadera en las noticias policiales, en las meteorológicas, en las vicisitudes de los animales del zoológico que en la llamada "política nacional". Mejor volvamos al amor.

—Sí —dice Graciela—. Nos debemos la historia de la primera vez. De la segunda. De la tercera.

—Nos debemos casi todas las veces —agrega Lina—. Desde los veinte años en adelante.

—Algunas fueron extraordinarias —dice Graciela. Y se queda en silencio.

Lina toma ahora el camino que va bordeando las vías del ferrocarril, esa otra orilla sembrada de basura: latas, cajas de cigarrillos, papelitos, puchos, tapitas. Como almejas o caracoles. Lina camina cada vez más rápido hasta que empieza a correr rítmicamente. Este es mi mar, piensa, este es mi cielo. Siente el corazón golpeando contra sus costillas y retumbando en su cabeza. Al fin se detiene jadeando junto a un plátano. Ojalá haya estado muerta antes de volar, piensa.

A lo lejos, también Virgilio se va desvaneciendo, los rasgos cada vez más desvaídos, la nariz cada vez más mocha.

La realidad se desmorona bajo el efecto de la luz crepuscular.

—Valeria, ¿estás dormida?

—No.

—¿Por qué me sacaste mis estampillas?

—Me gustaban.

—Las pegaste en los azulejos del baño.

—Como calcomanías.

—No eran calcomanías. Y estaban en mi álbum de fotos.

—Tuyo. Mío. Qué importa.

Valeria es un bulto oscuro bajo las sábanas, pero Lina sabe que ella levantó los hombros. Siempre levanta los hombros con ese gesto de no sé o me da igual.

A Lina le duele la nariz.

—Casi me rompés el tabique —dijo mamá.

—Vos me pateaste primero.

Las dos se quedan en silencio. Entran por las tablas de la persiana unos hilos de luz. Iluminan un gran manchón de tinta sobre el cubrecama a rayas.

—Valeria, ¿por qué sos así? ¿Por qué caminás así y te reís así, como una tarada? ¿Por qué no querés lavarte los dientes?

—Dejáme dormir.

—Mirá si mañana nos despertamos y todo es diferente. Yo tengo un hermano. Y vos no existís.

—Dejáme dormir, o te parto de veras el tabique.

—Ojalá sueñes con Drácula y el hombre enterrado vivo.

Valeria no contesta. Los hilos de luz que entran por las tablas, desaparecen y comienza a oírse clarito el zumbido del agua en una cañería.

—Ojalá te mueras.

¿Cómo se saluda a un muerto? ¿Se lo abraza? ¿Se le estrechan las manos? ¿Se le besa la frente? No es fácil saludar a un muerto. ¿Cuál es el límite, la cercanía que puede admitirse entre dos cuerpos en estado tan desparejo? Uno está solo para decidirlo. Uno debe suplir con su acercamiento la ausencia de vida del otro. Suplir su silencio, su inmovilidad. Pero no es sólo eso. Más acá de la cuestión metafísica, está la dificultad física. Esa extrema incomodidad. Los muertos no se levantan y vienen hacia uno. No extienden los brazos. No ofrecen la mejilla. Uno va hacia el muerto. Se inclina hacia el muerto. A veces inclusive puede echarse sobre él con violencia, sacudirlo, reclamarle. Pero él no nos corresponde, no pone límites, su ajenidad, su entrega absoluta y obscena dejan cada movimiento de los vivos debatiéndose en el absurdo.

Cuando su madre y ella entran a la cochería, lo hacen por el garage. Podría decirse que llegan antes de tiempo, sorprenden la escena de la muerte sin montaje. No hay un hombre vestido de oscuro para recibirlas, no hay cajón, ni velas, ni luces tenues, ni flores. No es aquel un escenario apropiado, es la escena brutal, lisa y llana, de la carga y la descarga. Valeria, tendida sobre su camilla, ha sido depositada en el suelo. Acaban de bajarla de la ambulancia y la han dejado allí sola. Los encargados de la cochería habrán ido a llenar un formulario o a tomar café, no se sabe, y la han dejado así, descuidadamente, la camilla lejos de la ambulancia, en una posición que parece un poco arbitraria, como si fuera un objeto caído al suelo por azar, casi como si siguiera tendida entre las gallinas, como hace apenas una hora. Es también brutal su manera de estar vestida. Los muertos deberían mostrarse siempre vestidos de muertos. Con su mortaja. O en su cajón. A lo sumo en su cama de enfermos. Dar claras señales de que están muertos, no dejar que uno se confunda, para eso se les cierra los ojos, que quede claro, esta no es Valeria, es el cadáver de Valeria. Pero Valeria no tiene aún su uniforme de muerto. Todo lo contrario. Tiene un suéter de todos colores, rayado, un suéter que ella tejió con retazos de lana, verde, rojo, amarillo, azul, negro. Un suéter de estar viva. Dos o tres hileras de un color, dos o tres hileras de otro. Recorriéndolas se pueden ver las manos de Valeria, sus dedos nerviosos y largos tejiendo, un poco bruscamente, puntos más apretados y puntos más laxos; se ven los nudos, los cambios de ovillo de lana, los accidentes, se puede leer en la trama, como en braille, sus vacilaciones, sus debilidades, sus golpes de violencia. Es, además, un suéter de cuello alto, porque ese día hace mucho frío y ellas están temblando. Lina y la madre se tiran junto a la camilla, no la abrazan a Valeria, ni le besan la frente, sólo se ponen a su altura y la envuelven con la mirada, Lina le toca levemente el pelo pegado sobre las sienes, la madre se muerde la mano y lanza un gemido desgarrado que preanuncia una sucesión de sollozos. Por fin el dolor las iguala, las dos encogidas, las manos aplastadas contra la cara, hincadas sobre las baldosas del garage, religiosamente, como pidiendo perdón, una al lado de la otra, la madre con sus sollozos abruptos, Lina con un llanto silencioso y constante. Pero casi no la han tocado a Valeria. Hasta que la madre ve las pulseras de colores. Como el suéter, hay muchas pulseras de colores en la muñeca de Valeria. Hay que sacarle esas pulseras, piensa la madre. Y empieza a forcejear para sacárselas. Pero no es fácil hacer pasar la mano fría y rígida de Valeria a través del círculo estrecho de cada pulsera. La madre forcejea y gime, como si el llanto fuera ahora de pura rabia frente a aquel obstáculo. Al fin consigue sacarle una o dos. Lina trata de detenerla. Qué sentido tiene sacarle las pulseras. La madre se encapricha. No quiero, no quiero que esté muerta con esas pulseras de plástico, no quiero. Una pulsera sale rodando por el piso. Lina se llena de furia y tironea para que la madre suelte la mano de Valeria y también para volver a ponerle las que ya le sacó. Es una extraña manera de tomarse las manos, las muñecas, de agitar los brazos, una parodia de despedida que se prolonga en un tiempo lentísimo y penoso, hasta que entran al garage dos hombres de la cochería y carraspean para hacerse notar.

Las dos mujeres se quedan jadeando junto a la camilla.

Lina se inclina, acerca su cara a la de Valeria, siente su olor, mira sus párpados cerrados. Nunca había sabido a ciencia cierta si la quería o no. Tampoco lo sabe en ese instante, cuando frente a los párpados cerrados de la hermana recuerda los ojos que están detrás, la claridad de su color castaño oscuro, su manera acelerada de pestañear, su desvalida inocencia, su forma de replegarse frente a las señales de peligro. Los ojos de Valeria se abren por un momento, la miran sin miedo, como si también ella quisiera llevarse una última imagen de Lina y vuelven a cerrarse. Ella, Valeria, nunca tuvo dudas.

A Lina le gustaría en aquel momento estar a solas con su hermana, no tener a la madre al lado. La madre que olvidó las pulseras pero que descubre ahora la falta de los dientes. La chica está sin los dientes, dice. Hay que ponerle los dientes, gime. Hay que ponérselos, por favor Lina, dónde están los dientes. Lina sabe que están en el bolsillo trasero del pantalón, donde siempre los lleva. A veces Valeria se los pone. Lina la ha visto hacerlo. En algunas ocasiones, impensadamente. Pero en general se limita a llevarlos en el bolsillo. Por las dudas. Como un amuleto. Lina lo sabe, pero no lo dice. La madre intentaría dar vuelta el cuerpo de Valeria, rebuscaría en sus bolsillos, intentaría abrirle la boca, ponerle los dientes como antes intentó sacarle las pulseras. Lina tendría que detenerla. Lucharían por arrebatarse aquel objeto cadavérico. Terminarían destrozando los dientes de Valeria.

Algunos años más tarde, las reglas del tiempo han quedado subvertidas por la muerte. Lina empieza a ser la hermana mayor y Valeria la menor. Algo que Lina acepta con la misma extrañeza con que aceptó que su amiga Graciela fuera adolescente eternamente. El otro, simplemente, deja de moverse y entonces uno avanza solo por el carril del tiempo. Avanza y se aleja de sus muertos. Pero cuanto más se aleja, más se acerca. Entonces, desde esta nueva madurez de hermana mayor, Lina ya no tiene dudas. Sabe que la quiere a Valeria, que la ha querido día a día y año tras año, con la sangre y con los huesos, y que una vez más la inteligencia, esa idiota, llega tarde a los momentos importantes de su vida.

–Viste cómo todo termina. Conseguiste irte de la agencia y a mí se me curó el hongo –dice Laura, mostrando el dedo en cuyo extremo se ve el principio de una uña suave y rosada–. ¿Notaste que es el anular de la mano izquierda?

Anular, se queda pensando Lina, vaya con las coincidencias.

–¿A vos te parece que una novia podía sacar ese dedo de garcha para que algún novio pasara por ahí un anillo? Imposible. Ese es el primer motivo. ¿O creías que una chica moronita como yo, de medianamente moderna a reventada, puede renunciar de verdad a que un hombre le ponga una alianza en el dedo, aunque sea una vez en la vida? Romántico, como a vos te gusta.

–"La uña enferma como vacuna" o "Nadie te puede anular" –confirma Lina, un poco avergonzada.

–Pero ahora viene lo peor –dice Laura–. Hace ocho años que convivo con el hongo. Éramos literalmente carne y uña, desde que estaba en la secundaria. Empezó como un sarpullidito, me picaba el dedo, se fue corriendo hacia la uña, como si pensara ir abandonándola, etcétera, eso ya te lo conté. El domingo pasado voy a Morón a almorzar a lo de mis viejos.

Estamos comiendo lasagna y mi papá me dice pasáme el sale-
ro, Lauri. Se lo paso, lo pongo al lado de su plato, por lo de
la mala suerte, y veo que me mira el dedo fijamente. Después
me pregunta, extrañadísimo, ¿qué te pasó en esa uña, nena?
Ocho años la uña enganchándose, cayéndose, volviendo a crecer, el pobre honguito reproduciéndose, luchando contra los
ungüentos, las curitas, los remedios caseros, el pis de sapo, la
medicación por vía oral, como Sarmiento, el hongo, todos los
días haciendo su trabajito de zapa, esculpiendo su uña, reven-
tando las capas de queratina para alcanzar esa extraña forma
que nadie puede dejar de mirar, porque veo los ojos de todos
apuntar a la uña, parecido a cuando un tipo te mira las tetas,
la mirada oblicua que curten viste, la mirada que toca y se desvía discretamente, claro que la uña admite una cierta curiosidad, se puede de última preguntar por la uña, depende de la
personalidad de la gente, de la forma de abordar el tema. Pero mi papá, después de ocho años, recién se entera. Entonces
me agarra la mano, me la acaricia así despacito y me dice *po-
vera carina*. Ahí nomás el hongo se sacó el sombrero y se ba-
tió en retirada.

—Es el poder de las palabras —dice Lina.

Ellas han llegado antes que la madre, de eso Lina está segura, aunque no recuerda quién las ha llevado, habrá sido alguna tía, el padre, una amiga de la madre, en todo caso no ha
sido Rabbione, las van a mandar por Rabbione, dice María,
muerta de risa, con una etiqueta pegada en el culo, agrega, y
se dobla de risa. Lina se imagina etiquetada y estibada junto a
los grandes baúles verdes donde está la ropa de las tres, ropa
de verano y de invierno para aquellos largos meses de vacaciones en el mar. El calor aplastante de los días de enero, las tar-
des lluviosas de cine en el pasaje Sacoa, las noches frías y ven-
tosas del mar, noches casi invernales en que es necesario
ponerse el gabán azul cruzado y el pulóver de cuello alto sobre la piel ardida por el sol, todas las posibilidades han sido
contempladas. Dos veces contempladas. Porque es sólo el tamaño lo que diferencia el solero de los pescaditos de Valeria
del solero de los pescaditos de Lina; el pulóver de rombos verdes de Valeria del pulóver de rombos verdes de Lina; la remera de cordones de Valeria de la remera de cordones de Lina.
Por entonces es costumbre vestir igual a los hermanos, y cada
familia exhibe su estilo, imita sin pudor el orgullo productivo
de la clase alta, cada ternero marcado a fuego por su dueño.

La modista extiende su centímetro: para Valeria dos centímetros más en el ancho, y casi ocho en el largo, ella es tan alta y desgarbada. Sin embargo, aquella mañana, el desamparo de las dos hermanas tiene la misma medida. Se las ve igualmente pálidas y desconcertadas, igualmente ansiosas y perdidas en el vestíbulo del hotel Vistalmar donde han sido depositadas hasta que la madre llegue y las retire.

Pensándolo bien, probablemente haya sido el padre quien las ha llevado, probablemente haya pasado una semana con ellas, en alguna de aquellas transacciones complicadas de los veranos y esa es la explicación de que estén ahora solas, es necesario, ellas lo saben bien, evitar el encuentro entre el padre y la madre, vale la pena para eso que tengan que estar allí paradas más de una hora y todos las miren al pasar con gesto interrogativo y un poco apenado. Sin embargo, aquella espera forma parte de la bruma. Lina casi no la recuerda. Sí recuerda, en cambio, la aparición deslumbrante de la madre, abriendo la puerta y entrando al vestíbulo del hotel, como un sol, con su vestido naranja acampanado y un bolero haciendo juego, elegantísima, con unas sandalias muy altas, con los ojos más celestes que nunca en la piel dorada, su madre, irradiando su luz en aquel vestíbulo sombrío. Si Lina se concentrara profundamente, si entrara en el cokpit como su amiga Adriana, podría llegarle todavía hoy, más de treinta años después, una gota de aquel calor o de aquella luz, tan grande era la dicha, boquiabierta debió haber quedado, muda de alegría, porque la madre entra y la elige a ella, la abraza, mientras Valeria espera, ajena, unos pasos más atrás. Lina la percibe mientras su madre se inclina hacia ella, toda madre buena en aquel momento, aunque no la bese, pero la aprieta contra su pecho y le dice aquella palabra, "pichona", y ella se derrite de placer, es un pájaro pequeño ella, dentro del nido naranja del solero de Marilú Bragance, enteramente envuelta por la madre, parte de su cuerpo y parte de su perfume. Desde entonces, aunque la odie para siempre, sabe también que la querrá para siempre. Porque aquel hilo tenue y tramposo se ha ido enredando dentro de ella, como las primeras costuras que hace un chico, dando puntadas torpes, entrando por aquí y saliendo por allá, pero sostiene igual su corazón, aquella única palabra lo sostiene: el corazón de Lina, un talle más fuerte que el de Valeria, seguirá cumpliendo su trabajo de bomba idiota muchos años más que el de Valeria.

Sin embargo, en aquel hotel serán felices. Hay muchas familias compartiendo el mismo verano, unas comidas completas de tres platos, con manteles blancos inmaculados, horarios y ritos inquebrantables, la siesta, la merienda en la cocina atendida por el malhumor de don Pedro, hay una banda de chicos hermanados por las vacaciones, entre tantas madres y tantos padres, su madre es más madre, sus ausencias no se notan tanto, sus escotes escandalosos, en la desnudez del verano, parecen más naturales, hay una tolerancia, una blandura de ocio que se derrama como miel borrando las diferencias, hasta Valeria parece más feliz, más igual a todos. Lina ama los veranos y el mar.

–Sí, Laura. Tuve noticias del soñado. Fue anoche. Pude verlo con bastante claridad. Era morocho, alto, de mandíbula cuadrada y bigote, un prototipo de hombre argentino. Saco azul, corbata. Parece que éramos compañeros del colegio secundario. Y que estábamos haciendo juntos algún trabajo. Íbamos por los pasillos del colegio y después, como pasa en los sueños, el lugar se transformaba y ya no era más el colegio, vaya a saber dónde estábamos. Pero todo eso es lo de menos. Lo importante era lo que hacía el soñado. Y cómo lo hacía. El soñado me abrazaba desde atrás en una pose que es un cliché –le dice Lina a Laura–, un cliché romántico cien mil veces repetido. Sin embargo lo que el soñado hacía era único, irrepetible. Yo tenía un collar de muchas vueltas, y cada vuelta tenía enhebradas piedras de colores, piedritas. El pelo, que era muy largo y sedoso, como es cuando uno es joven, se había enredado en el collar, y entonces el soñado desmadejaba cada mechón y lo separaba de los hilos del collar con una delicadeza y una ternura que me dejaban casi desmayada entre sus brazos.

La muerte de la Rubia precipita a la madre en nuevos médicos y nuevas especulaciones. Los llamados arrecian.

–Los huesos. Tengo algo en los huesos. No es osteoporosis. Tiene un nombre infernal, cómo querés que me acuerde. Se me desintegran, están gastados, roídos. A mis hermanas no les pasa, le dije a la bestia de Osplad. Ellas tienen más de ochenta años y tan campantes. A usted le tocó el cromosoma jodido, me dijo él. Me revienta que me hablen de cromosomas, le dije yo. Imagináte a quién me hacen acordar.

”Así que ya sabés, chica, esta es definitivamente la última etapa. Y justo ahora vos te vas. No me hables de otras veces. Esta vez es esta vez. Si no te sostiene el esqueleto, quién te sostiene. Te derrumbás como un gusano. El hueso se gasta hasta la médula y una vez que te tocan la médula adiós. Es la cuadriplejia. *Le corps n'est plus qu'un cadavre qui respire*, ya está dicho: así que chica poné las barbas en remojo. Yo me tuve que tomar cuatro whiskies para acostumbrarme a la idea.

”Ah. Y lleváte la llave del departamento. Si estoy muerta,

¿cómo querés que te abra? Se van a enterar por el olor. *Sur ma nuque, comme un fumier, un énorme champignon. Sous mon aisselle gauche, une famille de crapauds.* Y aunque ya sé que a vos no te importa nada, te ruego que las dos *bergères* no las vendas. Te va a costar un huevo, pero tratá de retapizarlas. Y los gatos se los das a Coti Ballvé.

"Cambié de idea. Nada de cama. Cajón cerrado. No quiero que nadie me vea. No quiero que me vean mis hermanas. Juráme que no me van a ver. Y no dono nada, que te quede claro. Si vienen los del Cucai a llorarte, ni la punta de la uña del dedo meñique. Seguro que los animales te sacan los órganos viva. Después salís del coma y te encontrás sin ojos, sin riñón. Como Maldoror. ¿No sabés quién es Maldoror? Te das cuenta, chica, que tengo razón. No tengo con quién hablar, ni con mi propia hija. Así que nada de nada ¿entendiste? Mirá que por más plano que esté el encefalograma todavía puede haber vida. Vos pedí la prueba definitiva de la muerte. Es muy fácil, te cortan la yugular y ya está.

Lina se imagina a la madre muerta. Los gatos le caminan por la cabeza. Le olfatean sin pudor las comisuras de la boca, los orificios de la nariz. Ellos tienen otra lógica para apreciar las partes del cuerpo. Los ojos están abiertos. Vidriosos. Siempre se dice de los ojos muertos que son vidriosos. Deben serlo. Ella espantará a los gatos y le cerrará los ojos a su madre. Ese gesto que repiten ancestralmente los humanos. (Hay que clausurar esa mirada vacía, la evidencia más intolerable de la muerte.)

Y la yugular, ¿será fácil encontrar la yugular? ¿Y cortarla? El timbre la salva de esta nueva muerte. Es el cartero.

Dentro de la caja de encomienda del correo hay una caja más pequeña envuelta en papel color madera. Apenas rasga un extremo del papel, Lina la reconoce. Antes siquiera de hacerlo, sabe que allí está Graciela. Que allí están las que fueron, treinta años atrás, Graciela, Lina y Adriana.

Dentro de la caja amarilla hay una foto. Son ellas, las tres amigas abrazadas, bailando Zorba el Griego. La foto está doblada en dos y la línea del doblez, estúpidamente simbólica, pasa por el centro del cuerpo de Graciela, la parte en dos y deja sobrevivir a Lina de un lado y a Adriana del otro. Detrás de la foto hay una frase. *Cumplí 20 años,* dice, escrito con tinta negra. Y abajo, un verso de la Rapsodia que han descubierto juntas:
Si digo estar vivos quiero decir casi morirse.

Hay también una esquela firmada por Thomas Albrecht, University de Linnville, Chairman, Appt. Biology:
"Aunque disfruté de la lluvia extraordinaria del viernes, lamenté mucho no habernos encontrado. Me imagino que debe haber sido imposible llegar al centro. Cumplo entonces, por medio del correo, con un viejo pedido de Graciela, de quien estuve cerca en los últimos meses del '76."

El equipaje de Tomás es ahora un poco más pesado. Porque lo que Thula tenía para darle, documentando su revelación con pruebas materiales, era un maletín con cartas y fotos que le ha hecho llegar el último día al hotel de la calle Schiaffino. El patrimonio que durante tantos años se le escamoteó había caído de golpe en sus manos. Decenas de fotos y de cartas de abuelos, de tíos, de primos, develando los repliegues domésticos de la historia. Tomás mira con aprensión el maletín con las iniciales K. H. repujadas en el cuero. Allí están las piezas originales del rompecabezas. Imágenes que habrá que interpretar más allá de la moda y de las posturas estereotipadas de los retratos de época. Y también están sus voces, que habrá que escuchar con atención, encontrar sus probables correspondencias con aquellas figuras quietas.

Tomás siente la tentación de abandonar el maletín, de dejarlo en cualquier lugar del aeropuerto. Que esos hombres acartonados de bigotes, esos jóvenes de caras mortecinas, esas matronas de blusas negras con camafeos sigan cumpliendo su destino de olvido. Que se queden dando vueltas sobre una cinta transportadora, o arrumbados en cualquier depósito de objetos perdidos. No estaría mal dejarlos sobre este suelo argentino que lo había apremiado toda la vida con sus definiciones categóricas. Laico o libre. Peronista o gorila. Canchero o mersa. Católico o Judío. Revolucionario o traidor. Hacía muchos años ya que aceptaba ser porteño, mejicano, inglés, alemán, americano, y ahora, con o sin maletín a cuestas, definitivamente judío. Descendiente de un alemán judío, no religioso, que era una de las formas más contradictorias —y tal vez más dolorosas— de serlo.

Sin embargo, piensa Tomás, eso no será tan difícil. Más difícil será ser hijo de Karl Heifetz. Aceptar haber llegado tan tarde hasta su padre. Quedarse para siempre hablando solo, en un puro viaje de ida, desde ese o desde cualquier aeropuerto del mundo.

Como empujado por estos pensamientos, Tomás recoge su maletín, deja la sala reservada a los viajeros de su clase, —unos pocos hombres de negocios que toman copas, hojean revistas extranjeras o dormitan sobre sus sillones— sale de allí, y se mezcla con los pasajeros que esperan por sus vuelos en la sala común de preembarque.

Deambula de un extremo al otro del lugar y por fin se detiene frente a un quiosco de revistas y souvenirs. Mientras mira sin curiosidad la vidriera, esos objetos anodinos que suelen venderse en los aeropuertos, oye la voz de una mujer que discute. Cómo puede ser que no tengan más tarjetas telefónicas, dice ella. La empleada lo lamenta. Si es muy importante, dice amablemente, le sugiere que pida un teléfono móvil a algún pasajero. No, no es muy importante, dice la mujer, con una voz que parece haber abandonado la beligerancia inicial. Es "casi importante", agrega.

Tomás deja de mirar los objetos anónimos de la vidriera,

avanza hasta donde se encuentra Lina, abre su billetera y le ofrece su tarjeta telefónica.

No le quedan demasiados pulsos, le dice, pero creo que los suficientes como para intentar un último llamado.

Un agradecimiento especial a:
Mario Philipp
María Esther Barbieri
Alberto Teszkiewicz